마도 시대의 시작

FUSION FANTASTIC STORY

강준현 장편소설

아우스 : 마도 시대의 시작 7
강준현 장편소설

초판 1쇄 찍은 날 § 2017년 10월 12일
초판 1쇄 펴낸 날 § 2017년 10월 19일

지은이 § 강준현
펴낸이 § 서경석

편집책임 § 이지연

펴낸곳 § 도서출판 청어람
등록번호 § 제387-1999-000006호
등록일자 § 1999. 5. 31
어람번호 § 제1-2776호

주소 § 경기도 부천시 부일로 483번길 40 서경B/D 3F (우) 14640
전화 § 032-656-4452 팩스 § 032-656-4453
http://www.chungeoram.com
E-mail § chungeorambook@daum.net

ISBN 979-11-04-91478-2 04810
ISBN 979-11-04-91321-1 (세트)

아우스

마도 시대의 시작

FUSION FANTASTIC STORY

강준현 장편소설

7

아우스

Contents

44장
유사 인류의 도시, 샹카

다짜고짜 나가란다.

저들이 보기엔 내가 침입자로 보일 수 있었다. 이해하지 못하는 바는 아니지만 내겐 꼭 알아야 할 것이 있었다.

"워~ 워~ 진정들 하시죠."

"진정 못 해. 어떻게 들어왔는지 모르겠지만 당장 나가는 게 신상에 좋을 거야."

차갑기는.

"지금 나가도 분명 다시 올 겁니다. 내가 필요한 게 이 안에 있을 가능성이 높거든요."

"네가 원하는 건 여기에 없어."

'내가 뭘 원하는지 알고 확신하는데?'라고 말하고 싶지만 일단은 좋게 나가는 것이 옳았다.

아부의 말을 해서라도 우선 거리를 좁혀야 했다.

"너무 냉정하게 말하지 말고요. 혹시 엘프들 아닙니까? 평화의 상징, 엘프."

"…언제부터 엘프가 평화의 상징이 됐어?"

"책에 그렇게 적혀 있던데요. 그리고 엘프를 만난 사람들도 하나같이 인간적… 엘프적이고 위험에 처한 사람을 도와주는 천사라고 말했습니다."

"착각이다. 인간 세상에 살며 성질이 더러우면 살 수가 없으니 그렇게 행동하는 것뿐이다."

"…아, 예~"

어떤 놈이 책을 썼는지 아작을 내버리고 싶다. 너무 냉정하게 딱 잘라 말하니 조금 불쾌해졌다. 그러나 내색은 금물이었다.

"그럼 엘프의 실제 성격은 어떻습니까?"

"엘프마다 다르다. 대부분은 무척 합리적이지. 궁금한 게 해결되었으면 나가!"

맨 앞에 서 있는 엘프—아직 얼굴을 확인하지 못했지만—는 약간 띨한 구석이 있다. 묻는 말에 꼬박꼬박 대답하는 건 뭐람.

아무튼 나쁘지 않은 상황. 나가라는 말을 무시하고 새로운 화제로 바꿨다. 얘기를 하다 보면 좀 나아지지 않을까 싶었다.

"이 닭을 잡아서 그런 것이라면 사죄하겠습니다."

"흥! 사죄를 한다고 해도 소용없다. 두 번 다시 발을 들이지 않으면 용서할 테니 꺼져라."

"저 그렇게 경우가 없는 놈 아닙니다. 남의 물건에 손을 댄 이상 그에 대한 책임을 지겠습니다."

"책임?"

"예!"

"우리 도시에선 물건을 훔치면 두 팔을 자른다. 그걸 따르겠다는 뜻으로 봐도 되겠나?"

"훔치긴요. 그저 야생동물인 줄 알고 잡았을 뿐입니다. 절도가 아닌 실숩니다. 실수의 대가로 닭의 가치만큼 이곳에서 일을 해도 괜찮고 필요한 물건이 있으면 아공간 가방 안에 있는 물건을 드릴 수도 있습니다."

"허어~ 움직이지 마라!"

쏘면 피하면 된다. 그들의 행동을 유심히 보며 가방 속에 있는 냄비, 프라이팬 따위의 물건들을 꺼냈다.

"그딴 건 필요 없다. 열 셀 동안 사라지지 않으면 그땐 정말 쏘겠다."

몸에 마나가 흐르는 것을 보아 정말 쏠 기세다.

"하나! 둘!"

"예~ 예~ 갑니다."

일단 후퇴를 해야 할 모양이다. 언제든 들어올 수 있으니 몰래 들어오든가 이들이 좋아할 만한 것들을 가져오는 게 좋을 듯싶다.

"넷, 다섯……."

"혹시 필요한 건?"

닭은 챙겨 뒤로 물러나며 물었다.

"여섯, 일곱……."

"혹시 돈도 받습니까?"

"…여~ 덟……."

어라, 움찔하며 말하는 게 느려졌다. 설마 정말 돈을 받는단 말인가?

"동화? 은화? 금화?"

…움찔, 움찔.

확실해졌다. 영문은 모르겠지만 이 섬에서도 은화나 금화가 쓰이고 있었다.

난 좌측의 아공간 지갑에서 일단 은화를 꺼냈다. 금화를 쓰고 남은 은화만 담아놓은 곳이지만 웬만하면 넘치는 금화를 쓰는 타입이라 꽤 있었다.

"10은?"

"아홉……."

"50은?"

"아홉 반의 반."

닭 한 마리로 가세를 펼 생각인가 보다.

"1금!"

닭 50마리는 살 금액이다.

"험험! 실수는 누구나 할 수 있는 법이지. 잘못을 알고 고친다는데 내가 뭐라겠소."

"……."

이런 물질만능주의 엘프들을 봤나.

난 은근슬쩍 많은 금화를 보여주고는 그중 하나를 그들을 향해 튕기며 물었다.

"혹시 사는 곳에 여관도 있습니까? 제가 너무 피곤해서 지금 밖으로 나가면 꽤 위험할 것 같은데……."

"안 된다."

"하아~ 어쩔 수 없죠."

"험험! 오늘만 안 된다는 말이다. 괜찮다면 이 근처에서 자라. 내일 장로님께 물어보고 알려주겠다."

"좋습니다."

수백 년씩 산다는 엘프니 반말은 이해했다. 아니, 그것도 거짓말이려나.

아무튼 오늘 밤은 얌전히 있을 생각이었다. 어찌 될지 모르는데 굳이 문제를 만들 이유는 없었다.

닭의 울음소리를 시작으로 각종 동물들의 울음소리를 배경 삼아 눈을 떴다.

"와~"

날이 밝아서인지 멀리까지 보였다. 그중 숲의 가운데쯤이라 생각되는 곳에 거대한 나무가 있는 걸 보고 놀랐다.

거리 때문에 크기를 짐작하긴 힘들었지만 워낙 우뚝 솟아 있어 마치 전설의 세계수를 보는 듯하다.

물론 전설의 세계수의 크기는 대륙만 하다고 했으니 비교 대상은 아니지만 느낌상 그랬다.

"그나저나 이놈의 인간, 아니, 엘프들은 왜 안 오는 거야? 또 닭 한 마리를 잡아먹어야 하나."

내 눈빛에서 살기를 느꼈는지 닭들은 나에게서 멀어지려 했다.

"두 끼 연속 닭은 사양이다."

돼지나 양을 잡아먹으면 얼마나 할까 고민을 하고 있는데 숲을 나와 달려오는 다섯 명이 보였다.

'쯧! 거절이군.'

당장에라도 마법을 사용할 것처럼 긴장된 모습으로 오는 걸 보니 마을로 가는 건 물 건너 간 것 같았다.

'그나저나 엘프들의 귀 끝이 뾰족하다는 건 사실이지만 다 잘생긴 건 아니군.'

엘프는 모두 선남선녀라고 책에서 보았는데 다섯 명은 평균 이상이긴 했지만 다 제각각이다.

엘프에 대한 환상이 다 깨져 나갈 때, 다가온 다섯 명은 적당한 거리를 두고 언제든 공격할 수 있는 자세로 섰다.

"안타깝게도 장로님께 허락하지 않았다."

"그렇습니까?"

예상한 터라 고개를 끄덕이며 수긍했다.

"그렇다. 그러니 이제 보호막 밖으로 나가라."

"뭐, 싫다는데 억지로 있을 순 없죠. 하룻밤 편하게 잔 걸로 만족하겠습니다. 근데 한 가지만 물어봐도 되겠습니까?"

"말해라."

순순히 나가겠다는 태도를 보이자 인심—엘프심?—을 보였다.

"혹시 이곳에 제가 있었던 곳으로 빠져나갈 수 있는 틈 같은 곳이 있습니까?"

"…없다."

"그렇군요. 그냥 나가면 밖입니까?"

고개를 끄덕이는 엘프를 일별하고 뒤돌아서 밖으로 나왔다.

들어갈 때완 달리 나올 땐 금속구가 없어도 아무런 문제가 없었다.

"이 섬을 탈출할 수 있는 방법이 있는 게 분명해."

나와 말을 했던 남자 엘프는 거짓말이 서툴렀다. 만일 그의 그 어수룩함이 내 돈을 노리고 끌어들이기 위한 함정이라면 빼앗긴다고 해도 할 말이 없었다.

그러나 그럴 가능성은 없었다. 굳이 그럴 거면 마을로 끌어들여 뺏으면 됐다.

밖으로 나온 나는 일단 중앙 지대를 벗어나 오우거가 잡으려는 멧돼지 한 마리를 인터셉트했다. 자신의 것을 뺏겼다고 흥분하는 놈에게 화염 합성 마법을 한 방 날려주었다.

다시 중앙 지대로 와 멧돼지를 구워 먹으며 어떻게 할지 고민했다.

여러 명이 덤벼 짜증이 났다는 베네툭의 말을 생각해 보면 엘프가 베네툭이 물러날 만큼 강하다는 말이기도 했다.

"음, 최대한 들키지 않고 돌아다니며 출구를 찾아야 한다는 얘긴데……."

만만치 않았다.

보호막을 통과를 하자마자 침입자가 있음을 알았다면 특별한 마법적인 장치가 되어 있다는 건데, 나올 때 느껴보니 마법적인 기운은 어디에도 없었다.

엘프만의 특별한 방법이 있다는 뜻인데 그걸 모르면 침투하자마자 쫓기게 될 가능성이 높았다.

쩝쩝!

"숨바꼭질이라도 해야겠네."

배가 불러오자 머리로 에너지가 공급되며 좀 더 여유롭게 생각을 할 수 있었다.

첫 침투는 내일.

하루 동안 준비할 것이 있었다.

* * *

엘프, 드워프, 파머가 모여 사는 도시, 샹카.

그곳에서 드워프는 건물과 생활필수품을 만들어내고, 파머는 농사와 목축을 맡고, 엘프는 도시의 안녕과 안정을 도모하며 함께 살아가고 있었다.

각자 맡은 바 책임을 다하며 살아가는 곳답게 거리와 도시는 깨끗하고 살기 편했으며 부족함도, 격차도 거의 존재하지 않는 파라다이스였다.

단점이라면 심심했다.

살기에 부족함이 없을 만큼 넓다곤 하지만 보호막을 벗어날 수 없었고 수명이 긴 만큼 변화가 적어 얼굴을 맞대는 이들은 언제나 똑같았다.

1년에 한 번 축제가 있다지만 해마다 반복되니 그마저도 시들했다.

고립된 도시의 편안함과 안락함이 심심하다는 단점을 상쇄할 순 없었다. 그래서 유사 인류들은 스스로를 꾸미는 것에 관심이 많았다.

헤어스타일을 바꾸고, 옷을 바꾸고, 장신구를 바꿈으로써 특별하게 보이고 싶어 했다. 특히 금속 장신구는 상당히 귀하게 여겼는데 금빛이 나는 장신구는 그중 최고였다.

"10금쯤 부를 걸 그랬어. 한 개 가지고 반지나 제대로 만들 수 있을까 모르겠어."

동쪽 감시소에 근무하는 엘 리우는 그제 보호막을 넘어왔던 인간을 생각하며 중얼거렸다.

"그러게 말입니다."

옆에 있던 어린 엘프가 맞장구를 쳤다.

"장로님도 그래. 꽤 경우가 있는 인간 같던데 며칠 쉬게 해준다고 문제가 생길 것도 없잖아. 우리만 먹겠데? 장로님 몫도 충분히 챙겨준다는데도 왜 그렇게 반댄지 모르겠어."

엘프족의 장로에게 불만이 있는 건 아니었다. 그저 마음에 드는 엘프에게 선물을 해줄 수 있는 기회를 놓친 것이 아쉬워 투덜대는 것이었다.

샹카엔 각 종족마다 한 명씩 총 세 명의 장로가 있었고 그들이 도시를 이끌고 있었다.

"내부자라 더 인간을 꺼려서 그러실 겁니다."

"내부자라면 더 인간이 보고 싶지 않나?"

샹카에 사는 유사 인류는 크게 두 부류로 나눌 수 있었다.

내부자와 외부자.

내부자는 원래부터 샹카에 살았던 이들이고 외부자는 차원의 틈을 통해 넘어와 새로이 마을에 합류한 이들이었다.

"제가 듣기론 어린 시절 겪어봤다는 것 같던데요."

조용히 활을 매만지고 있던 약간 통통한 엘프가 대화에 끼어들었다.

"어? 그래? 한데 인간을 싫어하는 눈치던데 뭔 일이라도 당하셨대?"

"인간들이 딱 좋아하는 얼굴이잖아요. 그래서 이종족 사냥꾼들한테 잡혀 엄청 고생하셨대요."

"…쩝! 이젠 그딴 것 없는데. 천 년을 넘게 사시고도 그런 걸 잊지 못하시다니."

유사 인류의 평균 수명은 대략 500살 전후다. 하지만 일족의 대표인 장로들은 뭘 몰래 먹는지 1,000살이 넘었다.

"스무 살 버릇 천 살까지 간다잖아요."

"으이구~ 그 속담이 지금 상황에 맞냐? 하여간."

간혹 엉뚱한 소리를 하는지라 가볍게 한마디 했다.

그때.

삑삑! 삑삑!

경고음과 함께 그들 앞에 커다란 화면이 떴다.

뭔가가 보호막을 뚫고 들어왔다는 신호였다.

"동물인가? 아님 몬스터?"

보호막은 완벽하지 않았다. 그래서 간혹 막이 약해질 때가 있는데 그때 넘어오는 이들이 있었다.

"크기를 보면 인간이나 몬스터 같은데요."

"또 그 인간인가? 이번에도 닭을 잡아먹어라. 그럼 10금이닷! 출동 준비!"

다섯 엘프가 나가려 할 때였다.

대기조에 속한 엘프가 외쳤다.

"어? 침입자가 사라졌습니다."

엘 리우의 시선이 화면을 향했다. 붉은색 점은 사라지고 없었다.

"돌아갔나?"

챙겼던 활을 놓고 의자에 앉으려 할 때 이번엔 다른 경고음이 터졌다.

뿌뿌! 뿌뿌!

다른 감시소 방향에서 뭔가가 나타났다는 경고였다. 그러나 잠시 후 붉은 점은 다시 사라졌다.

약간의 간격을 두고 계속 같은 일이 발생했다.

"하~ 오늘 방어막이 많이 약해졌나 본데. 일단 나가서 대기하자. 우리 지역으로 오면 연락해."

엘 리우는 대기조에게 말한 후 네 엘프와 함께 목장 경계 지역으로 나갔다.

* * *

침투에 앞서 지난 5일 동안 보호막을 오고 가며 몇 가지 작업을 했다.

텔레포트할 수 있는 지점으로 쓰일 나무판을 곳곳에 숨겼다. 또한 오크를 잡아서 안으로 들여보내 여기저기 들쑤시며 엘프들의 움직임을 파악했다.

마지막 한 가지만 빼곤 모든 준비를 마쳤다.

아침을 먹고 나무에 기대 앉아 있는데 베네툭이 빠르게 다가왔다.

"또 도망간 줄 알았는데 여기 있었네, 푸헤헤헤!"

"도망가도 금방 찾는데 어딜 갑니까."

"푸헤헤헤헤! 맞아, 맞아! 난 금방 찾는다."

"방법이 뭡니까?"

"안 가르쳐 줄 거야. 가르쳐 주면 도망가려고 그러지? 내가 속을 줄 알고? 푸헤헤헤!"

당연히 도망간다. 약간의 실력 향상을 위해 죽기 직전까지 맞는 건 사양이다.

쩝! 몰린을 괴롭힌 것에 대한 벌인가.

"도망가 봐야 섬 안이죠."

"그래도 안 돼."

"알았어요. 안 물어볼 테니까 잠깐 얘기나 해요."

"얘기? 난 싸우러 온 건데?"

"싸우면 또 한참 싸울 거잖아요. 그 전에 의논할 일이 있어요."

"의논?"

웬일로 웃지 않고 고개를 갸웃거리던 그는 내 앞에 와서 털썩 앉는다.

들어보겠다는 뜻이리라.

"차 마실래요?"

"좋아, 차 좋아. 오랜만에 마시네. 무슨 차야? 자스민? 페퍼민트? 홍차? 커피?"

"커핍니다."

"커피 좋아해. 아주 좋아해, 푸헤헤!"

얼른 커피를 내려서 잔을 건네자 그는 아이처럼 좋아하며 커피를 마셨다. 뜨겁지도 않은지 후다닥 마신 그는 잔을 내밀며 말했다.

"한 잔 더 먹어도 돼?"

"물론입니다."

커피를 따라주며 용건을 꺼냈다.

"베네툭 님은 혹시 이곳을 나갈 수 있는 출구가 있다면 어쩌겠습니까?"

"…호, 혹시 출구를 발견했나?"

그는 웃음을 지운 채 눈을 동그랗게 뜨며 물었다.

베네툭도 이곳이 좋아서 여기서 몬스터와 놀고 있었던 건 아닐 것이다.

오랫동안 출구를 찾아보다가 결국 포기하며 정신까지 놓아버렸을 가능성이 높았다.

"중앙 지대 안에 있을 거라 생각됩니다."

"저긴 들어가기 힘들어. 힘들고말고! 아주 간혹 들어갈 수는 있는데 엘프 놈들이 떼로 덤벼서 힘들어."

"들어갈 방법이 있습니다. 물론 출구가 있는지는 정확히 알아봐야겠지만 그러기 위해선 베네툭 님의 도움이 필요합니다."

"어떻게?"

"안에 들어가서 시선을 끌어주십시오. 그동안 제가 찾아보겠습니다."

"길어야 두세 시간 버틸 수 있을 거야."

"굳이 대결할 필요 없습니다. 도망 다니면 됩니다."

"놈들 많아서 도망 다니기도 쉽지 않아."

"제가 도망 다니는 데 편한 방법도 생각해 뒀습니다."

"방법 말해봐, 말해봐."

"이 마법진이 그려진 나무판을 등에 메고 있다가 도망갈 때가 되면 1부터 15번까지의 숫자 중 하나와 함께 텔레포트를 생각하며 나무판에 마나를 주입하세요. 그럼 텔레포트가 될 거예요."

"텔레포트는 느려. 캐스팅되기 전에 비 오는 날 먼지 나도록 맞게 될 거야, 푸헤헤헤!"

"아닐걸요. 16번 생각하고 텔레포트해 보세요."

굵은 마나석이 박힌 두툼한 나무판을 건넸다.

베네툭은 마나를 일으키자마자 눈앞에서 사라졌다가 한참 떨어진 곳에서 나타났다.

"와! 이거 신기해, 신기해. 이러면 충분히 가능해. 도망갈 수도 있어, 헤헤!"

"어떻게 해보겠습니까?"

"응. 할래, 할 거야. 근데 너 혼자 도망가면 난 어떻게 하지? 나만 좆 되는 거 아냐? 아무래도 그런 것 같은데 아닌가?"

"절 못 믿으십니까?"

"응, 못 믿어. 어떻게 믿어."

"……."

이런 부분에선 의외로 똑똑하다.

"제가 혼자 가면 끝까지 쫓아와서 절 죽이십시오. 그럼 되잖습니까?"

"음… 그러면 되겠네. 알았어, 그렇게 해. 그렇게 하자고! 푸헤헤!"

베네툭은 허락하듯 주먹을 불끈 쥐었다.

혼자 도전해 볼 수도 있지만 베네툭이 도와준다면 좀 더 편하게 살펴볼 수 있을 것이다.

몇 가지 주의 사항을 더 말해준 후 우리는 밤이 되기를 기다렸다.

"가급적 싸우지 말고 도망 다니세요."

아우스의 말에 베네툭은 고개를 끄덕였다. 뭔가 할 말이 더 있는 듯 보였지만 곧 입맛을 다시며 중앙 지대로 걸어갔다.

'쯧! 걱정 마라. 한 놈도 안 죽일 테니, 푸헤헤헤!'

베네툭은 그가 무슨 말을 하려고 했는지 알았다. 자신이

한 말 때문에 잡힐 경우를 생각한 것이리라.

그가 보기에 아우스는 꽤 특이한 놈이었다.

실력은 둘째 치고 자신에게 웬만큼 당하고 나면 독기로 눈빛이 이글거리거나, 아님 완전히 의욕을 잃거나, 그것도 아니면 생을 포기해 버리는 경우가 많은데 아우스는 죽도록 두들겨 맞는 것이 아무렇지도 않다는 듯 덤벼들었다.

게다가 이 악마 같은 섬을 탈출할 방법이 생기자 스스럼없이 손을 잡자고 말한다.

물론 함정일 수도 있었고 자신을 미끼로 던지고 혼자 탈출할 수도 있었다. 그러나 말투나 행동을 보면 웬만하면 같이 나갈 생각인 것 같았다.

'혼자 도망간다면 그땐 지옥 끝까지라도 쫓아가 괴롭혀 줄 테다, 꼬맹이! 푸헤헤.'

강하긴 하지만 아직까지 충분히 이길 수 있었다.

생각하는 사이 유사 인류들이 사는 보호막 앞에 도착했다.

아우스의 손에는 묘하게 생긴 금속구가 들려 있었다.

'어라? 저건!'

베네툭도 몇 번 본 적이 있는 물건이었다. 먹지도 못하고 쓸데도 없다는 생각에 뻥뻥 차버렸었다. 한데 보호막을 여는 열쇠였던 모양이다.

"들어가세요. 들어가자마자 마구 뛰어다니세요. 전 20분쯤 뒤에 들어가겠습니다. 그리고 해가 뜰 때쯤 되면 다시 아까 본 곳에서 봬요."

지금 해가 지고 있으니 12시간 동안 도망 다녀야 한다는 얘기.

사실 엘프들이 어떻게 나올지 알고 있는 그로서는 불가능한 일이었다.

'엘프들이 그 수법을 썼을 때 어떻게 나올지 볼까.'

'말해줄까?'라고도 생각했다

그러나 혼자 도망갈 수도 있다는 가능성이 있는 상황에서 가르쳐 줄 수는 없었다.

'고생해 봐라, 이놈아. 푸헤헤헤헤!'

썩은 얼굴로 자신의 웃는 모습을 보는 아우스에게 다시 한 번 '푸헤헤헤!' 웃어주며 안으로 들어갔다.

"5년 만인가?"

한창 잘 자라고 있는 밀밭을 보며 베네툭은 중얼거렸다.

그가 인간은 눈을 씻고 찾아봐도 없는 몬스터의 섬에 들어온 지도 근 15년. 호기심에 발칸 산맥 조사단에 속해 왔다가 이 섬에 떨어졌다.

그 이후로 그를 찾는 뮤트 제국의 사람들이 1년 혹은 2년에 한 번씩 들어오긴 했지만 그들을 발견했을 땐 이미 죽은 후였다.

죽은 사람도 볼 수 없는 상황에 이르자 베네툭의 정신은 점점 쇠약해져 갔다. 오직 몬스터만 우글거리는 곳에서 사회적

동물이라는 인간은 버티기 어려웠다.

그래서 그는 자신의 자아를 놓아버렸다. 그리고 오로지 9서클이 되기 위한 노력에 온 정신을 쏟았다.

마법의 지식을 되뇌고 되뇌었다. 그리고 한편으론 몬스터를 자신의 상대가 되도록 키웠다.

슬프게도 몬스터는 그저 몬스터에 불과했다. 강해지는 데 너무 오랜 시간이 걸렸다.

그때 우연히 중앙 지대에서 들어서면서 발견한 것이 엘프였다.

나중에 떠올린 생각이지만 그때 자신의 처지를 얘기하고 유사 인류들과 함께 살았어야 했다.

하지만 그땐 그런 생각을 못 했다. 한참 상대를 찾던 그는 엘프를 대련 상대로 생각했고 결국 쫓겨났다.

1년 가까이 중앙 지대에서 살며 다섯 번을 넘어갈 수 있었지만 번번이 같은 경험을 했고 결국 포기했다.

"이제야 오는군. 슬슬 술래잡기를 해볼까, 푸헤헤헤!"

활을 겨누며 달려오는 엘프들을 보며 손을 흔들어준 그는 곧바로 몸을 날렸다.

"빌어먹을, 또 저 인간이군."

"아는 인간입니까?"

감시소에 근무한 지 4년 된 어린 엘프가 물었다.

"알고 싶지 않은 인간이야! 몇 년간 조용해서 죽은 줄 알았더니. 전 감시소에 연락해. 인간 바퀴벌레가 들어왔다고."
"몇 명이나 지원하라고 할까요?"
"인간 바퀴벌레라고 하면 알아서 다 나올 거야. 젠장! 이번에 잡히면 어디 한 군데 병신으로 만들고 만다."
북쪽 감시소의 소장인 엘 바우는 이를 갈며 12시 방향으로 뛰어가는 베네툭을 쫓았다.
많은 엘프와 베네툭의 술래잡기가 시작됐다.

*　　　*　　　*

"지금쯤 열심히 뛰어다니고 있겠지."
베네툭을 들여보낸 후 처음으로 들어갔던 동쪽 지역으로 내려와 있었다. 정확히는 동남쪽 5시 방향.
금속구로 보호막을 뚫고 바로 들어갔다.
속도를 줄이지 않았다. 예상대로라면 분명 나의 출현도 알려졌을 것이다.
다리에 마나를 보낸 후 주변 환경이 휘어질 정도로 뛰었다.
목장을 건너 숲으로 들어서자마자 감각을 확장했다.
머리가 지끈거린다. 상당히 넓은 숲을 살펴보기 위해선 어쩔 수 없었다.
'제발! 출구가 숲에 있어라.'
이틀 전 일직선으로 뛰어갔다가 다시 빠져나오면 확인한 바에 의하면 중앙 지대는 마치 다트 판처럼 되어 있다.

정중앙에 어마무지하게 큰 나무가 있고 마을 주변으로 도시가 있다. 그리고 도시 주변으로 손이 닿은 공원이 있고 그 다음이 현재 살펴보고 있는 숲이 있었다.

확장된 감각을 유지한 채 시계 반대 방향으로 뛰기 시작했다.

베네툭 역시 시계 반대 방향으로 돌고 있으니 만나게 될 일은 없을 터였다. 뭐, 만나도 상관없다. 어차피 둘을 쫓게 되면 그만큼 분산되게 마련이다.

3시 방향까지 뛰었다. 아무것도 없다. 1시까지 뛰었다. 역시 어떠한 마나의 기운도 없다.

실망하기엔 일렀다.

숲에 없으면 공원을, 공원에 없으면 마을을 뒤질 생각이다.

"……!"

12시에 가는 도중 마나의 기운을 찾아냈다. 그러나 내가 원하는 것이 아닌 사람 형태를 취하고 있었다.

'돌아가야 하나?'

엘프인 것 같은데 상단전이 밝게 빛나는 걸로 보아 적어도 7서클 이상이었다.

무시하고 지나갈 생각으로 속도를 조금 더 높였다.

실체가 보인다.

여자 엘프다.

긴 팔, 긴 다리, 흩날리는 옅은 금발, 아름다운 얼굴, 훌륭한 몸매, 비율에 맞지 않게 탐스럽고 큼직한… 험험! 아무튼 책에서 나왔던 엘프의 정석이라 할 수 있는 미모를 가지고 있었다.

내가 달려가고 있음에도 그녀는 별다른 태도를 보이지 않고 있었다.

20미터쯤 되자 그녀의 상단전이 움직였다.

어떤 마법일까 싶어 마나의 움직임에 주의를 기울이고 있는데 숲 일대의 마나가 변했다.

변화의 결과는 바닥부터 시작됐다.

풀들이 자라 발을 잡으려 했고 줄기가 길을 막았다.

'잘라!'

윈드 커터를 변형한 것으로 바람의 칼날이 몸 주변으로 빙글빙글 돌며 풀과 줄기를 잘랐다.

엘프의 마법을 막았지만 내 걸음 역시 멈춰졌다.

"정령술?"

기존의 마법과 조금 달라 정령술이 아닐까 싶었다.

정령술은 엘프는 유사 인류의 전유물이라는 얘기를 책에서 봤다.

"흥! 쓰레기 정령 따위와 계약을 맺을 이유가 없어."

정령의 친구라더니 개뿔.

하여간 엘프에 관한 책이 쓰레기다.

"그렇구나. 미안. 독특한 마법 잘 봤어. 그럼……."

촥! 촤작!

얼렁뚱땅 지나가려 했더니 나무줄기가 그물처럼 길을 막았다.

"무슨 일로 들어왔는지 모르지만 당장 나가는 게 좋을 거야."

"쩝! 엘프들은 나가라는 말밖에 모르나? 나도 사실 다른 이가 사는 곳을 숨어서 돌고 싶겠어? 하지만 나가봐야 사방은 막혔고 몬스터뿐인데 낙이 없잖아."

"그건 댁의 사정이고."

"맞아, 내 사정. 그래서 이러고 있는 거야."

더 이상 노닥거릴 시간이 없었다. 블링크를 이용해 그녀의 넘어섰다. 그리고 다시 뛰기 시작했다.

"경고를 무시한 건 너야. 내 손이 매섭다고 후회해도 소용없어."

"훗! 후회할 일 없거든."

뒤쫓아 오는 엘프를 무시하고 달렸다.

그녀의 마법 솜씨는 대략 7서클 수준. 다만 엘프라 그런지 날렵하기는 나 못지않았다.

그녀는 몇 번이고 마법을 사용했다. 난 그때마다 팔짝 뛰어오르거나 블링크를 사용해 피했다. 물론 뜀을 멈추진 않았다.

"마지막 경고야. 후회하지 말고 당장 나가!"

9시 방향으로 올 때까지 잡지 못하자 여자 엘프는 이를 갈며 경고했다.

"싫어! 후회 안 해, 안 한다고!"

"…그렇단 말이지."

그녀는 낮은 목소리로 으르렁거리며 벨곤 누군가와 마법 통화를 했다. 아마도 사람, 아니, 엘프를 더 부르는 모양이다.

'음, 오늘은 숲까지만 돌아야 하나?'

8시 방향을 지나고 있었는데 다른 엘프들이 오기 전에 마저 돌고 나가거나 나갔다가 다시 들어와야 할 것 같았다.

그때 갑자기 카운트를 세는 엘프.

"5, 4……."

"어떤 마법을 쓰려는지 모르겠지만 알려주지 않아도 충분히 피할 수 있을 것 같은데?"

딱히 누군가를 놀리는 성격은 아닌데 화난 표정으로 부지런히 쫓아오는 엘프 아가씨는 왠지 놀리고 싶었다.

뿌득!

"그러다 이 상해. 인간과 달리 수백 년은 써야 할 이인데 조심해야지, 크크!"

"…2, 1, 제로!"

엘프 여자는 '제로'라고 말하는 순간 씨익 웃었다.

왜 웃느냐고 물으려는 순간 위에서 빛이 내려와 나를 비췄고 그제야 웃는 이유를 알았다.

내 몸속 마나의 움직임이 멈춰 버렸다.

*　　　*　　　*

머리가 까질 정도로 빠르게 달리다가 갑자기 마나를 쓸 수 없게 되었다.

생각은 이미 저만치 달려가고 있는데 몸이 따라주지 않는 상황.

다리가 꼬였고 그대로 쓰러져 바닥을 굴렀다.

"…푸! 이런 젠장! 마나 제어진인가?"

대차게 굴렀다.

입으로 풀과 흙이 잔뜩 들어오고 온몸이 아팠다. 그러나 난 건더기만 대충 뱉고 일어났다. 쫓기고 있음을 잊지 않았다.

한데 일어나 달리려 할 때 등에 발길질이 느껴지며 다시 바닥을 굴렀다.

"흥! 내가 경고했지. 멈추라고."

싸늘한 말과 함께 발을 들어 날 밟았다.

팍! 팍! 팍! 팍!

마나 제어가 나에게만 이루어졌는지 그녀의 발길질은 막을 수 없이 빨랐고 상당히 아팠다.

그나마 다행인 건 쓸 수는 없지만 몸에 가득한 마나는 몸이 다치지 않게 방어는 해주었다. 그래도 급소를 맞으면 안 되었기에 최대한 몸을 움츠렸다.

침입을 한 대가치고 이 정도면 나쁘지 않다.

활을 쏘지 않는 것만 해도 어딘가.

다만 조금 억울한 점도 있었다.

"자, 잠깐. 약속과 틀리잖아!"

"…약속? 내가 너랑 약속을 했었나?"

약속이라는 말에 그녀의 발길질이 잠시 멈췄다.

"손이 매섭다고 했지 발이 매섭다고 하진 않았잖아."

"……."

"안 그래?"

잠시 어이없다는 듯 날 보던 엘프의 눈이 매섭게 치켜 올라갔다. 그리고 주먹을 으스러져라 쥐었다.

"오냐! 매서운 손맛을 보여줄게!"

퍽! 퍽! 퍽! 퍽!

괜한 말을 했나 보다.

말 그대로 매서운 주먹이 온몸에 꽂혔다.

그녀의 주먹질은 다른 엘프들이 오고 나서야 겨우 멈췄다.

철컹!

마나 제어 팔찌가 채워지고 나서 일어설 수 있었다.

"…손이 발 못지않게 참 매섭군요."

늙은 아가씨라는 말이 입에서 맴돌았지만 처한 상황을 모르고 입을 나불댈 만큼 바보는 아니었다.

"흥! 그 정도인 걸 다행으로 알아. 율법만 아니면 정말이지. 다른 침입자는 어떻게 됐어요?"

"제어 에너지를 맞자마자 보호막 밖으로 나가 버렸습니다."

"다음에 들어오면 바로 연락하도록 해요."
"예! 엘 하이 베루 님."
"데려가."
엘프들에게 끌려 마을로 향했다.
"오~ 친환경 집들이네."
나무 밑 혹은 나무 위의 집들은 마치 나무와 하나가 된 듯 지어져 있었고 나무 자체를 집처럼 구멍을 판 것도 있었다.
"닥쳐!"
이름이 엘 하이 베루인 여자 엘프의 말을 생각해 보면 죽이지 않는 게 율법 때문인 모양이다.
어쩐지 숲에서 마주했을 때 살기가 없더라니.
율법을 믿고 깐죽거려 볼까 싶었지만 때리는 건 율법과 상관없는 것 같으니 닥치고 있어야 했다.
"인간이다!"
"와! 엄마 말대로 인간도 우리랑 비슷하구나."
"빌어먹을 인간들. 여기엔 뭐 먹을 게 있다고 기어들어 온 거야! 퉷!"
"지지! 가까이 가면 안 돼, 드 웨인!"
마을로 들어서자 완전히 몬스터 공원의 몬스터가 된 기분이다.
엘프와 작지만 탄탄하게 생긴 드워프, 어린아이처럼 생긴 파머까지 세 종족의 유사 인류들이 날 구경하며 쑥덕거렸다.

쪽팔리긴 했지만 돌을 던지지 않는다는 것만으로 괜찮았다.

구경거리가 된 채 끌려간 곳은 마을 구석에 있는 굵은 나무로 만들어진 철창, 아니, 목창이었다.

"네 거취는 내일 아침 장로님들께서 결정하실 거다. 도망갈 생각하지 않는 게 좋을 거야. 그땐 양다리를 부러뜨려 버릴 테니까."

지금은 뜯어낼 힘도 없었다.

목창(?) 안으로 들어가자 굵은 나무뿌리가 자물쇠처럼 휘감았다.

감시자 한 명을 제외하곤 모두 가버렸다.

'그나저나 베네툭 그 인간은 도망간 건가?'

잡혀오지 않는 걸 보면 도망간 모양이다.

곰곰이 생각해 보니 베네툭은 하늘에서 내려온 광선에 대해 알고 있는 게 분명했다.

한데 나에게 광선에 대해 한 마디도 해주지 않다니 왠지 배신당한 기분이었다.

'역시 금색 머리 짐승은 믿으면 안 된다더니.'

화가 나는 걸 억누르고 불쌍해서 겸사겸사 같이 탈출할까 했더니 뒤통수를 친 것이다. 물론 아직까지 100퍼센트 배신은 아닐 수 있었다.

구하러 오는 시늉이라도 하면 모를까, 아님 나 혼자 탈출하기로 마음을 먹었다.

앞으로 어떻게 해야 할지를 생각하는데 웬 여자 엘프가 식판을 들고 와 감시를 하는 엘프에게 건넸다.

"저녁 안 먹었지? 그래서 가져왔어."

"고마워, 엘 비하."

"오늘은 밤새는 거야?"

"그래야지. 아침 일찍 끝나면 갈게."

누군 감옥에 있는데 누군 아주 달달하다.

내 몫은 없냐고 물어 분위기를 깨버릴까 하다가 입을 다물었다. 밤새 지키고 있다면 친해지는 것도 나쁘지 않을 것 같았다.

엘 비하라는 여자 엘프가 가고 난 후 식사를 하고 있는 그에게 물었다.

"부인께서 엘프님을 참 사랑하시는 모양입니다."

아름답다고 칭찬하면 흑심을 품은 것처럼 보일까 무난한 말을 했다.

흘낏! 그게 다였다.

"하아~ 고향에 있는 제 약혼자는 잘 있나 모르겠군요. 기다리고 있을 텐데……."

"몇 년 만 지나면 내가 죽을 줄 알고 다른 남자랑 결혼을 할 텐데. 안 돼!"

"엘프는 정말 500살까지 삽니까?"

"몇 살부터 성인입니까?"

난 미친놈처럼 혼자 중얼거렸다. 그러자 짜증이 난 건지 그도 심심했는지 한 마디 툭 뱉었다.

"연인이야."

"아! 한창 좋을 땐데 저 때문에 미안하게 됐네요. 한데 결혼은 언제 합니까?"

"아직."

"근데 엘프는 채식주의자라고 들었는데 아닙니까?"

그가 맛있게 고기를 뜯고 있어 물었다.

"풀만 먹어선 고른 영양을 섭취할 수 없어."

하긴 초식동물도 아닌데 과일과 풀만 먹어선 몸의 균형이 깨질 수밖에 없었다.

대화가 끊기지 않게 노력했다. 아까 마을을 지날 때 봤던 것을 떠올리며 하나씩 물었다.

"세 종족이 같이 사는데 불편한 건 없습니까?"

"없어."

"방어는 엘프님들이 주로 하나 봅니다?"

"각자 맡은 역할이 있으니까."

'젠장! 단답형으로 대답하니 어렵군.'

식사가 끝날 때까지 계속 묻자 결국 얘깃거리가 떨어졌다. 그때 그의 몸에 착용하고 있는 액세서리가 눈에 띄었다.

그러고 보니 마을에서 봤던 이들도 액세서리를 하고 있었다.

'아! 금화!'

맡은 바 일을 하며 공동체 생활을 하는 이들이 돈이 필요한 것 같진 않다. 그렇다면 녹여 액세서리를 만들기 위함은 아닐까?

확인해 볼 문제다.

"다들 액세서리를 많이 하고 있던데 혹시 액세서리 좋아합니까?"

"좋아해. 이곳에서 자신을 돋보이게 할 수 있는 게 아무래도 적으니까."

"그렇군요."

"청혼을 하려면 좀 더 화려한 게 필요한데 구하기가 쉽지 않아."

처음으로 긴 얘기가 나왔다. 게다가 내가 도움을 줄 수 있는 부분이다.

"혹시 이거 필요해요?"

아공간 주머니에서 금화를 한 줌 꺼냈다.

"……!"

"가지세요."

목창 밖에 놓아주고 뒤로 물러나 앉았다.

"바, 받을 수 없어."

"저에겐 한 끼 식사보다도 못한 것들이니 부담 갖지 마세요. 그리고 아직도 많아요."

그는 몇 번이고 망설이다가 결국 다 챙겼다. 그런데 챙기자마자 갑자기 쌩하니 사라져 버렸다.

"애인한테 주려고 그러나? 성격이 급하기도 하네."

하지만 착각이었다.

그는 식판을 들고 왔다.

"먹어."

밥 얘기했다고 밥을 가져온 것이다.

책의 내용 중 하나는 맞는 것 같다. 해를 끼치지 않는 이상 순박한 종족이라고.

"잘 먹을게요. 이것도 가져요. 너무 노랗기만 하면 별로잖아요."

은화를 탈탈 털어 그에게 건넸다.

엘프들이 먹는 음식이라 이상할 줄 알았는데 상당히 맛있었다. 적당한 간에 향긋한 향신료까지 웬만한 도시의 유명 음식점만큼 좋았다. 하긴 500년을 사는데 요리 솜씨가 없는 게 이상할지도 모르겠다.

"엘프는 보통 오백 살, 장로들은 천 살. 백 살부터 성인이야."

엘프는 흘낏거리다 처음 물었던 질문에 대한 답을 해준다.

"와우~ 오래 사네요. 전 아우스입니다."

"엘 뮬."

"다들 이름에 엘이 붙는데 성입니까?"

"엘프들은 엘, 드워프들은 드, 파머들은 파가 붙어."

"특이하네요."

"오랜 전통이야. 몇 살이야?"

"스물하나요."

"인간 나이로 치면 비슷하네. 말 놔."

"그래."

통성명에 말까지 놓자 대화는 더욱 자연스러워졌다.

"뮬, 근데 아까 날 잡은 아가씨 말이야. 그 아가씨 말하는 거 보면 정령을 싫어한다는데 사실이야? 대륙의 책을 보면 정령과 놀기도 하고 그러던데."

엘프들의 전유물이라는 정령.

배울 수 있으면 배우고 싶었다. 그게 아니라도 9서클의 힌트라도 얻을 수 있지 않을까 해서 물었다.

"나도 그런 책을 읽어봤는데 정령들은 바보가 아냐."

"응?"

"정령이 할 일 없어서 계약자의 노예처럼 구는 게 아니라고."

"계약자의 마나를 얻지 않나?"

"자연의 마나를 얻으면 되지 굳이 계약자의 마나를 얻을 게 뭐야. 정령이 빼앗아가는 건 사실 생명력이야. 즉, 수명을 가져가는 거지. 정령술이 사라진 이유도 그 때문이야."

동심을 파괴하는 잔혹 동화가 따로 없다.

정령들조차 기브 앤드 테이크가 확실하다. 하긴 정령이 정령사를 위해 만들어진 존재는 아니지 않은가.

아무튼 밤은 길었다.

엘 뮬과 해가 떠오를 때까지 이런저런 얘기를 나눴다. 그리고 유사 인종에 대해 참으로 많은 것을 알게 되었다.

특히 율법에 대해서도 듣게 되었는데 내가 살게 된 이유는 물론 앞으로 어떻게 해야 할지 계획을 세울 수 있었다.

해가 떠오르고 얼마 되지 않아 어제 봤던 엘 하이 베루가 다가왔다.

엘 뮬의 말에 의하면 미들네임인 하이는 하이엘프임을 나타내는 것이라고 했다. 하이엘프 중 어린 엘프에 속하는 그녀는 내부자—섬에서 자란—로 인간을 무척 싫어한다고 했다.

"엘 뮬, 고생했어요. 들어가 쉬어요."

"예, 베루 님."

엘 뮬은 내게 조심하라는 눈빛을 보낸 후 가버렸고 엘 하이 베루는 마법으로 뿌리를 이용해 의자를 만들어 앉았다.

"인간, 장로님이 오시기 전에 신문을 하게 될 거야. 허튼소리를 하게 되면 어제 정도로 끝나지 않을 거니까 알아서 해."

여전히 까칠하다. 한데 엘 뮬과 얘기를 나눈 후라 그런지 경계심에 날이 서 짖어대는 강아지처럼 보인다.

"귀찮게 해서 미안해."

"……."

"너무 내 사정만 생각했어. 엘프들의 입장을 생각하지 못하고 일을 저질렀으니 벌은 달게 받을게."

갑작스러운 내 사과에 베루는 잠시 당황했다. 그러나 곧 다시 싸늘한 표정 지으며 말했다.

“인간들은 태세 전환이 빠르다더니 정말 그렇군. 그렇다고 네가 살아날 수 있을 거라고 생각해?”

“죽이려 했다면 애써 잡지 않았겠지. 아무튼 사과하고 싶었어.”

“흥! 장로님의 판결이 내려진 후에도 그런 말을 할 수 있나 보자. 신문을 시작하겠어. 보호막은 어떻게 뚫고 들어온 거지?”

난 아공간 가방에서 금속구를 꺼내 목창 밖으로 굴렸다.

“밖에서 얻었어.”

“ID 구슬!”

내가 주운 금속구는 보호막을 드나들 수 있는 출입증 같은 것이었다.

본래 섬 전체가 유사 인류의 것이었다. 한데 천 년 전 틈이 생기며 몬스터가 침입을 했고 그들은 장로와 하이엘프가 살고 있는 중앙 지대, 샹카로 들어올 수밖에 없었다.

갑작스러운 침입에 채 샹카로 들어가지 못하고 죽은 이들이 있었는데 금속구는 그들 중 일부가 가지고 있었던 것이었다.

순순히 건네줘서일까. 베루는 약간 누그러진 목소리로 다른 질문을 했다.

“침입을 한 목적이 뭐지?”

“섬을 빠져나갈 출구를 찾을 목적이었어. 몬스터와 함께 살 자신이 없었거든.”

“그 정신 나간 인간은?”

"시선을 돌려달라고 부탁했어."

난 묻는 말에 사실대로 말했다. 숨길 것도 없고 숨겨봐야 소용없음을 엘 뮬에게 들어서 안다.

하이엘프는 거짓과 진실을 구분하는 능력이 있다고 했다.

이후로 쓸데없는 나이와 이름 따위를 더 물어보고 있는데 몇몇 유사 인종이 다가왔다.

'뮬이 말하던 세 명의 장로들인가 보네.'

샹카의 결정권자들.

엘 하이 엘하임, 드 하이 드하임, 파 하이 파하임.

참 대충 지은 이름들이다. 누군가 이름을 지을 때 귀찮았던 게 틀림없다.

베루가 그들에게 금속구를 건네며 나에게 들었던 말을 들려주었다.

"네가 어젯밤에 샹카를 어지럽혔던 인간인가?"

도시의 경비를 책임지는 엘하임이 물었다.

"네. 어지럽혔던 점 사죄드립니다."

"…이유는?"

"혹시나 이 섬을 나갈 수 있는 출구가 있을까 하고 찾아봤습니다. 대륙에 기다리는 이가 있습니다. 지금쯤 무척 슬퍼하고 있을 겁니다."

엘 뮬은 솔직히 말하고 인정에 호소한다면 별일이 없을 거라고 했다. 그래서 가련한 표정으로 대답을 하고 있었다.

"그렇다고 남의 도시를 함부로 드나든다는 것이 옳은 일이냐!"

"당연히 아니죠. 입이 열 개라도 할 말이 없습니다."

엘하임은 인간을 싫어하고 성격이 괴팍하다고 했다. 그러나 잘못했다고 싹싹 비는데 계속 언성을 높이긴 힘들었다.

곧 장로들과 속닥거렸다. 어떻게 할지 결정을 내리는 중인 모양새였다. 그리고 결정이 났는지 엘하임이 다가와 말했다.

"이번엔 특별히 추방하는 것으로 마무리하겠다. 하지만 또 다시 침입을 하면 그땐 정말 용서하지 않겠다. 명심해라."

"싫은데요."

"…뭐?"

엘하임의 눈이 씰룩댔다. 난 개의치 않았다.

"추방은 싫습니다. 추방당하면 어떻게든 다시 이곳에 들어올 겁니다."

"이놈! 네겐 선택권 따윈 없다."

"몬스터가 우글거리는 곳에서 사느니 차라리 여기 감옥에 계속 있겠습니다. 그리고 책에서 봤는데 고위 인류의 율법엔 '품에 안기는 이를 내치지 말라'는 계명이 있다고 보았는데 무작정 쫓기만 하면 어떻게 합니까?"

"놈! 감히 율법을 입에 담다니!"

"아무튼 전 추방은 싫습니다. 내쫓으면 몇 번이고 다시 들어올 겁니다."

"이 인간 놈을 당장……!"

엘하임은 당장 때려죽일 듯이 목창으로 다가왔다. 그러나 어깨 깡패라고 할 만큼 네모나게 생긴 드하임이 그를 잡았다.

"허허허. 엘하임, 침착하시게. 저 인간의 말대로 율법을 생각하시게나."

"드하임! 그럼 자네는 저자를 마을에서 살게 하자는 말인가?"

"마을에 살게 하자는 말이 아니지 않는가. 그저 매몰차게 몬스터만 사는 곳으로 추방한다고 될 일이 아니라는 게지."

"호호! 나도 드하임의 생각이 옳다고 생각해. 추방해도 다시 온다면 그땐 더 곤란하지 않겠어? 그리고 저 인간 아이, 미치면 곤란해요. 아이들이 다칠 거예요."

어린 계집아이처럼 생긴 파하임이 내 편을 들었다.

아이가 나 보고 아이라 하니 기분이 묘했다. 근데 말이 너무 이상해 한마디 했다.

"전 절대 누군가를 다치게 하고 싶진 않습니다."

"그건 현재의 네 생각이란다, 아이야."

여자아이, 파하임은 인간의 아이라면 지을 수 없는 미소를 지으며 답했다.

농사를 짓는 파머가 미래를 본다고 했든가.

난 더 이상 뭐라 할 수 없었다.

"드하임! 파하임! 두 사람은 도대체……."

"자네의 결정을 반대하는 건 아닐세. 다만… 일단 바로 결정하지 말고 얘기나 해봄세."

세 장로는 판결을 미루고 자리를 떠났다. 그리고 1시간쯤 후 판결이 내려졌다.

*　　　*　　　*

후둑! 후두두두둑!

오전부터 잔뜩 흐렸던 하늘은 결국 눈물을 떨구기 시작했다.

노랗게 익어가는 들판에서 피(잡초)를 뽑던 파머들이 비를 피해 움직였지만 난 눈을 감은 채 비를 느끼고 있었다.

비의 촉감이 좋아서가 아니다. 그저 지금의 현상을 이해하기 위해 생각할 시간을 가지는 것이었다.

사람의 침입을 불허하는 보호막이 햇빛과 공기, 비를 통과시키는 것이 신기했다.

한참을 서서 생각해 봤지만 보호막은 마나로 이루어진 것이 아니라는 생각뿐이다.

"이봐, 아우스! 빗속에서 지랄하지 말고 들어와."

어린이처럼 보이지만 얼굴만 나이가 든 파 헤인이 움막 앞에서 불렀다.

난 내 생각대로 샹카에 머물게 됐다.

벌써 두 달째, 주민으로 받아들일 수 없었기에 샹카에 하나뿐인 노예가 된 것이다.

사실 말이 노예지 노예로 대우하는 이들은 소수에 불과했다. 그저 일하지 않으면 먹지 못한다는 것 때문에 일을 도울 뿐이었다.

움막으로 들어서자 어린이 놀이터처럼 파머들로 북적이고 있었다.

파 헤인이 마법으로 젖은 몸을 말려주었다.

"고맙습니다, 헤인 아저씨."

"천만에. 먹겠나?"

그는 아침에 구운 듯한 빵을 건넸다.

사양하지 않았다. 파머가 만든 빵은 정말 맛있다. 작은 조각이라도 입에 넣으면 곡물 향이 가득 찰 만큼 향과 식감이 좋았다.

"샹카는 어때? 지낼 만한가?"

파머들은 처음부터 꽤 호의적이었다. 그중 가장 호의적인 이는 파 헤인. 그는 자신이 마시던 우유병을 건네며 친근하게 물었다.

"좋습니다."

거짓말은 아니었다.

친절한 사람들, 인종이니 엘프니 이젠 구분하기 귀찮았다. 조용한 분위기, 미래를 걱정 없는 삶, 걱정거리가 없었다.

유토피아가 있다면 바로 이런 곳이리라.

단, 빛이 있으면 어둠이 있듯이 장점이 있으면 단점도 있었다.

단점은 '심심하다'였다.

적당한 긴장이 삶의 필요 요건이라는 어떤 이의 말을 이곳에서 공감하게 된다.

간단한 여흥거리라도 있으면 좋으련만 그런 건 눈 씻고 봐도 없다. 술은 집에서나 좋은 날 마시는 것 같고 다들 대단한 마법을 가졌지만 사소한 싸움도 없다.

미친놈이라도 있어 고래고래 고함지르며 다녔으면 좋겠다는 생각마저 들 정도였다.

또다시 좋으냐고 묻는다면 그렇다고 답할 것이다. 그러나 평생을 살겠다고 묻는다면 내 대답은 '아니다'였다.

몇 달간 조용한 시골에서 지냈을 때도 괜찮았던 건 아마 언제든 어수선한 도시로 갈 수 있다는 생각 때문이었는지도 모른다.

'훗! 철학자 나셨군.'

너무 정적인 곳이라 잡생각이 너무 많아졌나 보다.

마신 우유를 돌려줬다.

"후후! 인간에게 이 생활이 맞을 수가 없지."

"네?"

"의뭉스럽긴. 삶의 방식이 다르다고. 그나저나 오늘 일하긴 글렀네. 멈출 비가 아냐. 오늘은 집에 일찍 들어가 쉬자."

파 헤인은 농사일의 책임자였다.

파머들은 그의 말에 일제히 일어나 집에 갈 준비를 했고 나 역시 일어났다.

내 집은 농장 근처의 가까운 숲에 있다. 제발 도망가라는 듯 감시자도 없다.

커다란 나무 밑에 나무뿌리로 지어진 집은 마을의 집만큼은 아니어도 상당히 좋았다.

"훅! 훅!"

들어오자마자 운동을 시작했다.

끈은 없지만 마나 팔찌는 여전히 차고 있었다. 그래서 심심해서 시작했다. 한데 발트란 감옥 이후로 오랜만에 하는 육체 운동이라 그런지 꽤 재미있었다.

시간이 잘 간다는 장점도 있고.

한참 운동을 하고 있는데 벌컥! 문이 열린다.

"…아직 있네?"

베루다. 그녀는 간혹 불쑥불쑥 들렀다.

"도망 안 간다니까, 후욱!"

"도망갈까 봐 온 게 아니라 사고를 치나 안 치나 보러 온 거야."

그녀는 안으로 들어오더니 침대에 앉았다.

"이제 저녁 먹을 건데 먹을래?"

"흥! …준다면 먹어줄게."

피식 웃으며 식사 준비를 했다.

점심을 빼곤 배급 나오는 걸로 집에서 해 먹었는데 우연히 한번 먹어보더니 이런 식으로 들이닥쳤다.

얄미운 구석이 없잖아 있지만 심심함을 잠시나마 덜 수 있었기에 모른 척했다.

냉장고를 열어 토끼고기를 꺼내 요리를 만들었다. 거의 남지 않은 양념까지 사용했다.

"이건 뭐야?"

"냉장고. 배급해 주는 고기를 저장하려고 한번 만들어봤어."

"신기하네."

베루는 냉장고를 연신 살펴보며 신기해했다. 그러다 무슨 생각이 났는지 날카로운 표정을 지으며 물었다.

"근데 마나 팔찌를 차고 있는데 어떻게 만들었어?"

"팔찌가 머리까지 봉인하냐?"

"…활성화는?"

"마나석으로 했지. 내 가방에 아직 몇 개 더 있어. 확인시켜 줘?"

"아냐."

진실이라는 걸 알면서도 베루는 의심의 눈길을 지우지 않는다.

"쓸데없는 의심은 지우고 식사하자."

빵과 토끼 양념 찜, 과일을 식탁에 올렸다.

"네가 먹으라고 해서 마지못해 먹는 거야."

"그래그래, 먹어줘서 고맙다."

거짓과 진실을 파악하는 엘프답게 평생 거짓말하지 않고 살아서인지 거짓말이 어색했다.

"…넌 안 먹어?"

순식간에 절반 가까이를 먹어치운 베루는 포크를 빨며 물었다.

"오늘은 딱히 고기가 안 당기네. 너 먹어."

"그래?"

베루는 잘됐다는 듯 씨익 웃으며 다시 포크로 고기를 찍었다.

베루의 나이 80세. 인간의 나이로 치면 16살 정도. 육체적으론 성인이라 할 수 있지만 내 눈엔 아직까지 어려 보였다.

매운지 혀를 내밀고 헤헤거리면서 결국 한 마리를 다 먹어치웠다. 그걸로도 부족한지 빵으로 접시의 소스까지 다 먹고 난 후에야 만족스럽다는 표정을 지었다.

"난 아직도 고기를 먹는 걸 보면 신기해."

"신기할 것도 없다. 그리고 엘프도 몸의 균형을 위해 고기가 꼭 필요하거든."

"그건 나도 알아. 퓰에게 들었어. 내가 본 책의 저자들은 도대체 자료 조사도 하지 않고 글을 쓴 건가?"

"자료 조사를 고대의 서적을 보고 했나 보지."

"응? 고대엔 안 먹었어?"

"아주 먼 옛날에 고기가 부족해 채식만 했대. 본격적으로 고기를 먹기 시작한 것이 이천 년 전쯤이라고 하던데."

"크! 그럼 그 책이 이천 년 전의 책이었나."

"그런지도 모르지."

가급적 민감한 질문은 하지 않았다. 묻고 싶은 것이 많았다. 그러나 평범하게 대화를 하는 시간 역시 꼭 필요했기에 분위기를 깨고 싶지 않았다.

"슬슬 일어나. 마을에서 걱정하겠다."

"…으응."

어느 정도 대화를 나누다가 자리에서 일어나 빈 접시를 모았다. 오래 잡고 있다가는 무슨 오해를 받을지 몰랐다.

괜스레 구설수에 오르면 정말 쫓겨날 것이다.

"허튼짓할 생각 말고 얌전히 지내!"

"네에~ 네에~"

베루는 문을 열고 나서면서 냉랑하게 한마디 했다. 근데 그 말이 떠나지 말고 계속 있으라는 것처럼 들리는 건 착각일까?

그녀가 떠난 후 설거지를 하고 다시 운동을 했다. 온몸이 땀으로 젖고 밤이 깊어서야 운동을 멈췄다.

이제 씻고 자야 할 시간이다.

"워터."

비 오는 날이라 습기가 많은지 커다란 물방울은 금세 만들어졌다.

사실 마나 제어 팔찌는 한 달 전부터 나에겐 무용지물이 되었다. 누가 만든 팔찌인지 복잡하고 대단한 마법진이 새겨져 있었지만 결국 무용지물로 만드는 데 성공했다.

망가뜨린 게 아니다. 우회했을 뿐이다.

몸을 씻고 수분기를 완전히 증발시킨 후에야 침대에 누웠고 몸을 지치게 만든 덕분인지 금세 잠들었다.

한데 잠든 지 얼마 되지 않아 눈을 떠야 했다.

두 달 만에 보는 양반이었다.

"구해주러 왔는데 아예 이곳에서 자리를 잡았군, 잡았어. 푸헤헤헤!"

베네툭의 웃음소리는 변함이 없었다.

"구해주러 올 생각이었다면 그때 마나 제어 빛에 대해 말해줬어야 하는 거 아닙니까?"

"말해줬으면 안 들어왔을까? 그랬을까?"

"들어왔겠죠."

"그럼 결론적으로 마찬가지야. 그 빛은 막을 수도 없고 피할 수도 없거든, 푸헤헤헤!"

"대신 배신감은 없었겠죠."

"내가 도망간 것이 마음에 안 든 모양이군? 하지만 나까지 잡혔으면 누가 구하러 왔겠나, 안 그래? 나말곤 없지. 그렇고말고."

천진난만하게 말하는 꼴을 보니 화도 나지 않는다. 또한 결과 역시 좋으니 마냥 그의 탓만 할 순 없었다.

"어떻게 들어온 겁니까?"

“이거. 요놈 찾느라고 좀 늦었어, 푸헤헤헤!”
베네툭은 금속구를 들고 있었다.
“고생은 하셨는데, 어쩝니까? 전 여기에 머물 생각입니다.”
“탈출 안 해?”
“밖보다 여기가 훨씬 좋습니다. 싸우자고 귀찮게 하는 사람도 없고.”
“출구는 찾았냐? 찾았겠지?”
의심되는 곳은 찾았다. 바로 거대한 나무, 샹카—도시 이름과 같다—의 내부에서 이상한 마나의 흐름이 발견됐다.
사실 회의적이다. 접근이 거의 불가능하다는 것도 있지만 아무리 나무가 크다고 그 내부에 뭔가가 있으리라고 생각하는 건 무리였다.
차라리 성스러운 나무라 마나의 흐름이 독특하다는 생각이 더 설득력이 있었다.
“찾았으면 이러고 있겠습니까?”
“하긴. 근데 정말 안 나갈 거냐? 놈들이 괴롭히거나 하지 않아? 괴롭힐 거야, 그지? 푸헤헤헤!”
“전혀요. 노예가 되었지만 이 도시에 있는 유일한 노예라 오히려 좀 더 특별합니다.”
“…정말?”
“제가 왜 거짓말을 하겠습니까?”
당연히 거짓말이다.

베네툭이 날 끌고 가려는 의도를 막으려는 것이기도 했지만 나한테 빛에 대한 사실을 숨긴 것에 대한 복수였다.

"지금쯤 엘프들이 달려오고 있겠네요. 전 안 갈 거니까 베네툭 님은 얼른 돌아가십시오. 잘 사시고요."

베네툭은 아미를 찌푸리며 고민했다.

"나는 매번 추방당했는데 넌 어떻게 머물게 된 거야? 어떤 수를 쓴 거야?"

"왜요? 베네툭 님도 머무시려고요?"

"응! 나도 특별해질 거야. 그럴 거야!"

"노예 2호가 생기면 별론데……."

알려주면 안 되는데, 하면서 은근슬쩍 율법에 대해 흘렸다.

대화가 끝날 때쯤 엘프들이 다가오는 게 느껴졌다.

베네툭은 내 말에 솔깃했는지 움직이지 않았다.

"나도 이곳에 머물 거야. 율법에 있잖아. 추방은 안 돼. 노예가 될 거야, 푸헤헤헤!"

베네툭은 엘프들에게 잡혀 가면서까지 노예가 되고 싶다고 노래를 불렀다.

그리고 다음 날, 노예 2호가 되었다.

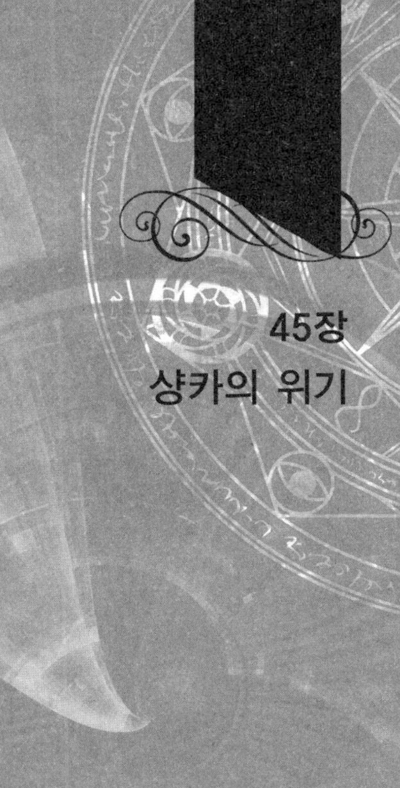

45장
샹카의 위기

반쯤 놀리기 위해 베네툭에게 노예 2호를 제의했는데 그는 무척이나 만족스러워했다.

그는 사람이 그리웠던 게 분명했다. 그래서인지 온갖 핀잔을 받으면서도 마을로 가서 사람들과 친하게 지내려 했다.

처음엔 질색을 하던 유사 인종들도 그가 제정신이 아니라는 걸 알게 된 후부터 그러려니 하는 모양이었다.

"아우스, 일하러 가자. 얼른 일하러 가자, 푸헤헤헤!"

운동을 하고 있는데 베네툭은 뭐가 그리 좋은지 얼른 일을 가자고 난리다.

"지금 가면 1시간은 빈둥대야 해요."

"일찍 가서 먼저 일하면 좋잖아. 얼른 가자."

"과연 좋아할까요?"

파머들은 베네툭을 좋아했지만 일하는 건 별로 좋아하지 않았다.

베네툭의 일솜씨는 엉망이었다. 피를 뽑으라면 밀을 뽑고, 밭을 갈라고 하면 고랑과 이랑을 엉망으로 만들었다.

하긴 귀족 출신인 그가 농사일을 잘하기엔 요원한 일이다. 그러니 농사일이라면 타고날 때부터 잘한다는 파머가 싫어할 수밖에.

징징거리는 걸 무시하고 아침 분량의 운동을 마치고 나서야 일 나갈 준비를 했다.

오늘 일할 곳은 과일 농장.

두 가지 과일을 동시에 수확하게 되어 일손이 부족해 파견 근무를 하게 되었다.

"이거 드세요."

"오~ 고기다, 고기야! 푸헤헤헤! 잘 먹을게."

'휴우~ 이거야, 원. 늙은 아이 돌보기도 아니고.'

아침저녁은 각자 해결이다.

한데 베네툭은 요리를 못한다. 가끔 샹카로 가서 얻어먹는 것 같은데 그 외에는 항상 빵과 과일, 우유가 그의 세끼였다.

마법이라도 있으면 몬스터 지대에 살 때처럼 구워 먹을 텐데 그의 팔에도 마나 제어 팔찌가 채워져 있었다.

그가 맛있게 고기를 다 먹을 때쯤 과일 농장에 도착했다. 가장 먼저 반기는 건 익은 과일이 뿜는 달콤한 냄새였다.

움막으로 들어가자 몇몇 파머가 와 있었다.

“어이~ 베네툭, 아우스.”

“파 드락! 파 드락! 자네, 이곳에서 일했나? 좋은 곳에서 일하네. 향기가 좋아, 아주 좋아. 푸헤헤헤!”

닭이 날갯짓하는 듯한 이름이군.

“도와주러 와서 고맙네.”

“친구 사이에 당연히 그래야지. 당연히, 푸헤헤.”

“허허허! 그리 말해준다니 고맙네. 자자! 어떻게 따는지 설명해 줄 테니 가세.”

설명은 길지 않았다.

따는 방법과 키가 큰 우리가 위에 익은 애플 체리를 따고 밑은 파머들이 딴다는 게 다였다.

애플 체리는 이곳에 와서 처음 보는 과일로 사과 크기만 한 체리라고 생각하면 됐다.

“와아~ 이런 거 처음 봐. 맛있어? 보기엔 맛있을 것 같은데 무슨 맛이야? 사과 맛? 체리 맛?”

“하나씩 먹어보게.”

파 드락은 탐스럽게 붉은 애플 체리를 우리에게 하나씩 건넸다.

와삭!

"와~"

식감은 사과, 맛은 체리에 가까웠다. 과즙은 풍부했고 새콤달콤했다. 절로 감탄이 나올 만큼 일품이었다.

베네툭도 맛있는지 금방 먹고 더 먹겠다고 난리였다. 결국 땅에 떨어진 것 10개 정도를 더 먹고 나서야 본격적으로 일을 시작했다.

일은 단순했다. 손을 올리고 익은 과일을 따서 바구니에 조심히 담으면 됐다. 그러나 농사일이 다 그러하듯 그런 동작을 수천 번 이상을 해야 했다.

"점심 먹고 합시다."

과일 농장의 장인 파 드락의 외침에 열심히 과일을 따던 파머와 우린 일제히 움막으로 갔다.

일할 땐 가장 느린 베네툭이 가장 빨리 움막에 도착해 식사 당번이 차려둔 음식을 먹었다.

인간인 내가 보기엔 참 염치없는 행동인데 파머들은 그의 행동에 그저 미소만 지을 뿐이었다.

뭐랄까, 마치 어린 손자를 보는 얼굴이랄까.

생김새가 아닌 이런 면에서 유사 인류가 인간과 참 다르다는 걸 느끼게 된다.

점심을 먹고 다시 일을 시작했다.

파머들의 손은 빨랐다.

종족 특성 때문인지 모르지만 이미 나보다는 2배, 베네툭보다는 4배 이상 많은 과일을 땄다. 그럼에도 그들의 입에선 일을 빨리하라는 소리는 나오지 않았다.

할 수 있는 한 열심히만 하면 일의 총량이 얼마가 되었던 별소리를 안 했다.

"으갸갸갸갸갸갸갸!"

같은 자세, 같은 동작으로 애플 체리를 땄더니 온몸이 굳는 것 같아 기지개를 폈다.

뿌득! 뚝!

근육과 뼈가 제멋대로 소리를 내며 개운해졌다.

파직! 파지직!

'뭐지?'

다시 일을 하려는데 옷에서 정전기 일어날 때와 같은 소리가 들렸다.

무슨 소린가 싶어 둘러보는데 하늘에서 비슷한 소리가 났다.

"마른하늘에 날벼락이라도 떨어지려고 하나?"

무시하고 일을 했다. 그러나 날벼락은 하늘이 아닌 보호막이 있는 곳에서 일어났다.

키이에에에엑!

찢어질 듯한 고음, 거대한 기둥 같은 몸, 바람을 타고 오는 시큼한 냄새.

"왜 저게 여기에 있는데……?"

색깔은 조금 달랐지만 악몽의 숲에서 봤던 얼스 드래곤이었다.

에에에에에에에에에엥~

샹카에 벌레 우는 듯한 소음이 울려 퍼졌다.

도시의 중앙에 있는 나무 샹카 내부엔 이름에 '하이'라는 단어가 있어야만 드나들 수 있는 장소가 있었다.

도시 전역을 감시할 수 있고, 보호막을 관장하고, 나무보다 위에 있는 마나 제어 포를 다룰 수 있는 곳.

장로들조차 들어올 수만 있지 함부로 명령을 할 수 없는 곳이지만 그 안에 있는 이들은 무척 지루해하고 있었다.

"하아아아아~ 베루, 그 인간에게 오늘도 갈 거야?"

옆에 앉아 연신 하품을 하던 드워프가 물었다.

"당연히! 이젠 두 명이 되었으니 더더욱 감시를 해야지."

"다른 목적이 있는 건 아니고? 가령, 그 인간 남자가 마음에 든다던가."

"무, 무슨 말도 안 되는 소리야!"

베루는 빽액 소리를 질렀다.

"난 엘프야! 그것도 종족의 미래를 책임질 의무가 있는 하이엘프! 그런 내가 그깟 인간에게 마음이 있다는 게 말이 된다고 생각해?"

"훗! 아님 아닌 거지, 뭘 그렇게 열을 내?"

"네가 하는 말이 우습잖아. 그 인간, 우리에 대해 글로 배워서인지 얼마나 엉뚱한 소리를 하는데, 흥!"

"콧바람에 샹카가 날아가겠다."

"이게 정말!"

이곳에 있는 셋과 나머지 여섯은 모두 비슷한 나이었다.

같은 시기, 같은 이에게 선택을 받아 함께 자랐다고 해도 과언이 아니었다. 그래서 형제자매처럼 살았고 친구처럼 지냈다.

물론 형제자매라고 해서 싸움이 없는 것은 아니었다. 지금처럼.

투덕거리는 두 사람을 본 파머는 고개를 절레절레 흔들 뿐 말릴 생각은 하지 않았다.

가련한 중생을 보듯이 안타까운 표정을 짓던 파머는 갑자기 놀란 얼굴이 되었다. 파머로 태어나 상단전을 깨우고 나면 생기는 미래를 보는 능력으로 뭔가를 본 것이다.

"얘, 얘들아! 보, 보호막이……."

"보호막이 뭐? 아악! 요게 정말!"

"크윽!"

"보호막이 깨질 거야! 얼른 얼른 비상 신호를……."

삑! 삑! 삐삐삐삐!

7서클 수준이기에 오직 가까운 미래만을 볼 수 있었고 그 미래는 현재가 되었다.

파머가 말을 다 끝내기도 전에 보호막이 열어지고 있었다.

싸우던 두 사람도 언제 그랬냐는 듯 앞에 있는 장치들을 확인했다.

“보호막에 이르는 에너지가 바닥나고 있어!”

“보조 에너지 역시 전달되지 않아!”

“얼른 엘루하 님과 장로님들께 연락해! 대기 중인 엘프들에게도.”

세 인종은 부지런히 움직였다. 그러나 그들은 보고 만질 수만 있을 뿐 고칠 능력은 없었다.

우웅우우우우…….

마치 말벌이 멀리 날아가는 소리와 함께 방에 있는 모든 장치가 빛을 잃었다.

“이런 쌍……!”

“베루, 그런 상스러운 소리 좀 하지 마. 재수 없게.”

“두 사람, 그만! 당장 비상벨을 울리고 사람들을 데리고 각자 위치로 가!”

파머는 얼른 벽의 한쪽을 내리며 붉은색 버튼을 눌렀다.

에에에에에에에에에엥~

비상벨을 누름과 동시에 파머는 계단으로 내려갔고 이어 드워프와 베루도 일제히 내려갔다.

샹카의 주민들은 각자 맡은 바에 대해 잘 알고 있었다. 비상벨을 들은 주민 중 방어를 맡은 주민들은 각자 무기를 들고 샹카 나무 주위로 모여들었다.

베루 또한 마찬가지.

그녀는 자신이 담당하게 될 10시에서 2시 방향의 방어를 해야 했기에 샹카 나무의 그 방향으로 뛰어갔다.

이미 '하이'라는 미들네임을 쓰는 두 명과 대다수의 주민들은 모여 있었다.

"각자 방어 위치로 움직입시다!"

다 모이지 않았지만 상관없었다. 뒤따라올 터였고 장로들 역시 회의를 끝내면 참여할 것이다.

베루가 이끄는 수는 어마어마했지만 점점 외곽으로 나갈수록 흩어졌고 숲에 들어설 때쯤은 12시 방향을 지키는 이들만 남아 있었다.

그 수는 적지 않았지만 지키는 영역을 생각한다면 많지 않았다.

쿠에에에에에엑!

'이 소린……! 빌어먹을!'

얼스 드래곤의 괴성이 분명했다.

얼스 드래곤이라면 장로가 필요한데 그들은 아직 도착 전이었다.

'일단 셋으로 버티는 수밖에.'

형제자매들 셋이라면 장로가 올 때까지 버틸 수 있을 것이다. 다만 그동안 10시와 2시 방향으로 7서클 이상 몬스터가 침입하지 않아야 했다.

막 숲을 벗어나 과일 농장에 들어서며 텔레파시로 두 사람을 부르려던 그녀의 걸음이 멈췄다.

이미 얼스 드래곤과 누군가가 싸우고 있었다.

"아우스?"

멀리 있어서 정확하게 파악하긴 힘들었지만 전체적인 느낌이 아우스였다.

"하지만 그는 마나 제어 팔찌를 차고 있을 텐데……."

그녀의 걸음은 더욱 빨라졌다. 그리고 농장을 반쯤 지나자 싸우고 있는 이의 얼굴을 정확히 알 수 있었다.

아우스였다.

그는 얼스 드래곤의 멱살을 잡고 연속으로 주먹을 뻗고 있었다.

작은 벌레가 사람의 몸에 붙어 파닥거리는 형상. 그러나 그가 손을 뻗을 때마다 이빨밖에 없는 얼스 드래곤의 얼굴이 좌우로 휙휙 꺾였고 그 큰 덩치가 서서히 뒤로 쓰러진다.

쿠에에에에엑! 쿠웅!

땅이 들썩거리는 느낌.

베루가 입술을 깨물며 영문을 알기 위해 몸을 날리려 할 때였다.

얼마 전에 잡힌 베네툭이 그녀에게 다가왔다.

"푸헤헤헤! 저놈은 어떻게 팔찌를 차고도 저렇게 움직일 수 있는 거지? 나도 놀고 싶은데 풀어주면 안 될까? 풀어주면 내가 저놈 죽여줄게."

"……."

"걱정 마. 이곳에 해되는 일은 절대 없을 테니까. 파 드락이 내 친구야. 친구를 괴롭히면 나쁜 놈이야. 난 친구를 괴롭히지 않아. 착한 놈이지, 푸헤헤헤!"

웃음이 시끄러웠다.

베루는 결정을 하지 못하고 삽을 든 채 베네톡의 옆에 서 있는 파 드락을 돌아보았다.

파 드락은 빙긋 웃으며 말했다.

"책임은 내가 지겠네, 엘 하이 베루."

그 모습에 결심을 했는지 베네톡의 팔찌에 손을 올렸다.

"아뇨. 책임을 져야 한다면 제가 져야죠."

철컥! 철컥!

팔찌가 풀리며 땅에 떨어졌다.

"와! 마나가 움직인다. 마나가 움직여! …그럼 놀다가 올게. 아! 파 드락, 이거 하나만 더 먹을게."

베네톡은 애플 체리를 따서 입에 물었다. 그리고 와삭 하는 소리와 함께 사라졌다.

그리고 어느새 새파란 톱니를 만들어 얼스 드래곤에게 날리고 있었다.

"후하~ 두 인간에게 맡겨둘 수야 없지."

베루 역시 빠르게 얼스 드래곤에게 뛰어갔다.

*　　*　　*

악몽의 숲의 얼스 드래곤과 샹카의 얼스 드래곤 중 어느 쪽이 강할까.

둘 다 상대한 내가 보기엔 후자가 강했다.

괴랄하고 몸을 녹이는 침을 뱉는다는 점에선 전자가 나았지만 강함, 아니, 튼튼함에서 후자가 당연 우세했다.

칼도 안 박히고 마법도 안 통한다. 그렇다고 8서클 마법으로 조지자니 농장 일대가 터져 나갈 것 같았다.

'맛있는 애플 체리가 사라지는 걸 볼 수야 없지.'

얼스 드래곤의 머리가 빠르게 다가온다.

놈에겐 약간만 움직이는 동작일지 모르겠지만 스쳐도 뼈 몇 개는 가루가 될 정도로 흉흉했다.

손에 수강을 둘렀다.

아슬아슬하게 피한 나는 놈의 멱살이라고 불릴 만한 위치의 피부에 손을 박았다.

수강씩이나 되는데 구멍도 뚫리지 않다니 정말이지 괴물은 괴물이다.

"이번엔 내 차례다, 이 지렁이야!"

투명 손을 타칸의 검처럼 크게 만들었다. 그리고 손을 쫙 폈다.

촥! 촥! 촤악!

손맛이 아주 좋다. 마지막은 역시 주먹!

퍼억!

쿠에에에에에엑!

시끄럽다!

서서히 뒤로 넘어진다. 난 발을 박차 그대로 몸을 띄웠다.

"중첩 파이어 볼."

앞으로 뻗은 손에 작은 불의 씨앗이 생겼고 점점 크기를 더해갔다.

붉다 못해 새파랗게 변해 버린 불덩이를 비명을 지르는 놈의 입을 향해 쏘았다.

"내부도 외부처럼 튼튼한지 보자."

빠르게 놈의 입으로 다가가는 파이어 볼. 그러나 놈도 쉽게 당해줄 생각은 없는지 입을 다물었다. 그리고 몸을 꿈틀거려 헤딩하듯이 파이어 볼을 쳐버린다.

한데 쳐낸 파이어 볼이 농장 쪽으로 향했다.

"이런 오크 가래침 같은 놈! 디스펠!"

날아가는 파이어 볼을 없앴다. 그러나 그 짧은 순간 얼스 드래곤은 꿈틀거리며 일어나고 있었다.

"젠장! 다시 싸대기가 통할까?"

얼스 드래곤의 몸이 전부 나와 있는 상태가 아니었다. 삼분의 일쯤 빠져나온 상태에서 U 자형으로 뒤로 넘겨졌기에 제대로 힘을 쓰지 못하고 있었다.

근데 이번에 일어나면 몸부터 뺄 터. 그 큰 몸집이 발광을 해대면 일대가 엉망이 될 건 불 보듯 뻔했다.

투명 손을 더 크게 만들어 머리를 눌러 버린다면 더 좋을 텐데 현재 만들 수 있는 크기가 최대였다.

생각과 동시에 커다란 투명 손이 얼스 드래곤을 향해 날아갔다.

콰직!

하지만 한 번 당해서인지 놈의 반응은 빨랐다. 큰 입을 벌려 투명 손을 씹어버렸다.

이젠 일어서는 건 어쩔 수 없었다. 물러나 다음을 생각하려는 그때 뒤에서 엄청난 마나가 밀려왔다.

푸하악!

겨우 피했다. 피했음에도 공중에서 날리는 연처럼 몇 바퀴 돌아야 할 정도 거대한 바람의 창이 얼스 드래곤에게 꽂혔다.

"요놈아! 너만 재미를 보려고? 어림없다, 푸헤헤헤!"

"…방금 절 맞히려다가 실패한 거죠?"

"피할 줄 알고 그런 거야. 정말이야, 푸헤헤헤!"

더 따지고 싶어도 일단은 다시 땅바닥에 처박혀 분노하고 있는 얼스 드래곤이 우선이었다.

"제가 입 벌리게 할 테니까 입속에 강력한 파이어 볼 한 방 넣어주세요."

"그러지. 근데 그럼 내가 저놈을 죽이는 거다. 네가 죽이는 게 아냐. 알았지?"

뭐래?

몬스터 따위 누가 죽이든 무슨 상관이라고.

몸에 쉘을 둘렀다. 그리고 가속도를 붙여 얼스 드래곤을 향해 나아갔다.

쉐엑!

내 귀를 울리는 바람 소리.

꿈틀거리는 얼스 드래곤의 몸통이 바로 눈앞이다. 두 손으로 머리를 감싸고 그대로 부딪혔다.

콰앙!

어마어마한 힘이 얼스 드래곤을 때렸지만 놈의 몸통은 어떻게 된 게 여전히 움푹 파일 뿐 터지는 부분은 없었다.

상관없다. 내 역할은 뚫는 게 아니고 입을 벌리게 하는 거였다.

쉘을 지우고 수강을 두른 상태로 얼스 드래곤에게 분노의 주먹질을 날렸다.

두두두두두두두!

마치 북을 두들기는 듯한 소리가 나며 움푹 파인 부분이 더욱 파이기 시작했다.

크아아아아아아아!

결국 비명을 토해내는 얼스 드래곤.

이제 베네툭이 제대로 파이어 볼을 입안에 사뿐히 박아만

주면 된다.

한데 사공이 많으면 배가 산으로 간다고 했던가.

사공이 한 명 더 붙었다. 예쁘지만 성격 나쁜 사공.

베루는 어마어마한 뿌리를 만들어 얼스 드래곤의 몸통을 묶어버렸다.

뿌드득! 뿌드득!

얼스 드래곤의 움직임에 당장에라도 터져 나갈 것 같은 뿌리를 용케 유지하고 있었다.

고맙냐고? 전혀 아니다.

"바보야! 뿌리 치워!"

"뭐라고?"

뿌드득거리는 소리가 대화를 방해했다.

"뿌리 치우라고! 땅에 박힌 몸통이 빠져나올……."

드득! 드드드드드드!

늦었다. 몸통을 감싸고 있는 뿌리를 지렛대 삼아 땅에 박힌 몸통을 빼내려 하고 있었다.

재수 없게도 힘을 주다가 입을 다물려 하는 얼스 드래곤.

절반쯤 내려온 베네툭의 파이어 볼.

마치 화산 폭발 직전의 산처럼 들고 일어나는 땅.

느려진 세상에 동시 다발적으로 일어나는 일을 살펴보던 나는 이를 악물었다.

'놈이 일어나면 피곤해져.'

이 순간 머릿속은 막아야 한다는 생각뿐이다.
저 멀리 큰 바위가 보였다.
그리고 떠오르는 피트의 숟가락질 호수.
"디그! 디그!"
두 번의 디그.
첫 번째 디그는 넓적하고 큰 바위를 얼스 드래곤 아가리로 옮기며 입을 다물지 못하게 했다.
두 번째 디그는 바위에 베네툭의 파이어 볼이 지나갈 정도의 구멍을 뚫었다.
얼스 드래곤의 전설은 아주 먼 고대로 올라간다.
대륙이 온통 딱딱한 돌과 불로만 이루어져 있었다는 정말 오래전에 얼스 드래곤이 탄생했고, 돌을 갉아 먹고 배출한 흙으로 인해 이 대륙이 인간이 살기에 적당해졌다는 전설.
전설이 사실이라면 우린 똥을 밟고 사는 것이었다.
각설하고 내가 이 얘기를 하는 이유는 전설대로라면 바위로 입을 막았지만 결코 오래 가진 못할 것이라는 거다.
까득! 까드득! 쩌적!
놈의 이빨에 바위가 부서지고 있었다. 다만 베네툭의 중첩 파이어 볼이 두 번째 디그로 파놓은 구멍을 통과했다는 것이다.
"피해!"
통과하는 순간 이미 몸을 움직이고 있었다.
베네툭은 알아서 피할 것이다. 못 피한다면 그것도 나쁘지 않다.

다만 베루의 경우 크게 다칠 수 있었다.

푸아아아아와!

얼스 드래곤의 살덩이를 실은 불꽃이 등 뒤에서 밀려왔다.

베루의 동공이 평소보다 두 배는 커졌고 그 동공을 불이 집어삼키기 전에 그녀를 낚아챌 수 있었다.

"쉘!"

베루를 껴안고 쉘로 몸을 둘렀고 불이 우릴 덮쳤다.

'망할 영감, 파이어 볼을 몇 중첩으로 한 거야.'

6중첩? 7중첩?

유성이라도 떨어진 듯 움푹 파인 크레이터(구덩이)의 크기가 어마어마했고 터져 버리고 남은 얼스 드래곤의 몸을 남은 불이 여전히 태우고 있었다.

"…비, 비켜!"

아래에서 들리는 베루의 목소리에 정신을 차렸다.

"아! 미안."

쉘을 없애고 몸을 일으켰다. 일으켜 세우려고 손을 뻗었지만 베루는 입술을 문 채 눈을 좁히며 물었다.

"다, 당신 뭐야? 어, 어떻게 그 마법을 아는 거지?"

"어떤 마법? 쉘?"

"그, 그래, 쉘! 다, 당신 혹시… 위대한 존재인가요?"

"위대한 존재라면 드래곤? 내가 드래곤처럼 생겼어?"

"……."

베루는 오한이 든 사람처럼 덜덜 떨 뿐 말이 없었다.

뭔 상황인지 이해가 되지 않았다.

* * *

발칸 산맥의 몬스터들이 틈을 통해 이 섬에 왔듯이 섬의 몬스터들은 무엇을 위해서인지 모르지만 보호막이 사라진 샹카를 향해 하나둘씩 오기 시작했다.

샹카의 주민들은 예전에도 이런 일이 있었는지 보호막이 펼쳐져 있던 곳 10미터 뒤쯤에서 체계적으로 방어를 했다.

일부는 지키고, 일부는 쉬고, 일부는 농장에서 일을 해 먹을 것을 조달해 왔다.

샹카의 노예인 나와 베네툭도 방어전에 참여했다.

베네툭은 7시부터 8시까지, 나는 11시부터 2시를 방어하고 필요할 때 다른 곳을 도왔다.

오른쪽 어깨 위에서 만들어진 톱니 모양의 바람 마법이 빠르게 날아갔다.

쉬익! 스각!

이빨을 드러내며 달려오던 마지막 실버 울프의 목이 하늘로 치솟았다. 목을 잃은 몸뚱이는 잔뜩 긴장하고 있던 드워프의 앞에서 멈췄다.

“고맙네.”

얼굴의 절반이 수염으로 덮인 드워프는 지친 얼굴로 인사를 했다.

7서클 이상 되어야 죽일 수 있는 실버 울프가 나타났다고 해서 텔레포트로 바로 왔지만 그 짧은 사이 드워프 몇 명이 죽었다.

“…몇 명이나 죽은 겁니까?”

최선을 다했기에 미안하다는 생각은 없었다. 다만 안타까움은 어쩔 수가 없었다.

“다섯.”

침착한 그의 말투완 달리 그의 표정엔 착잡함이 가득했다.

“후우~ 이곳 담당은 어딜 간 겁니까?”

이 섬의 몬스터가 일반 몬스터보다 강했지만 유사 인종인 세 종족 역시 강했다.

내가 알고 있는 8서클만 넷. 7서클은 수십 명이 넘었고 나머지는 5, 6서클이라고 봐도 과언이 아니었다.

즉, 나와 베네툭까지 합세한 이상 조금만 주의를 기울이면 피해는 최소화할 수 있었다.

한데 어쩐 일인지 8서클 둘이 빠져 버렸고 그에 구멍이 뚫린 것이다.

“언제까지 이러고 있을 수 없어 보호막을 다시 생성시키기 위해 갔네. 그렇지 않으면 평생 몬스터와 싸우든가 이곳에서 밀려날 수밖에 없으니까."

듣고 보니 자리를 비운 것도 이해가 됐다.

더 이상 할 말이 없었기에 시체를 치우는 드워프들을 보다가 몇 가지 마법진을 그려주고 내 구역으로 이동했다.

"답답하네. 방벽이라도 지어야 하나."

감각을 확장한 채 몬스터가 오는지를 감시하며 중얼거렸다.

방법이 없는 건 아닌데 이러지도 저러지도 못하는 엿 같은 상황이다.

방법이라면 방벽을 쌓거나 효과적인 방어가 가능한 지점까지 물러나야 했다.

그러나 얼스 드래곤 같은 강력한 몬스터를 제외하고 웬만한 몬스터를 방어할 수 있는 방벽을 현 위치에 쌓으려면 최소 2년은 걸릴 것이다.

물러나서 쌓으면 절반 정도로 줄어들겠지만 그렇게 되면 이번엔 농장을 포기해야 하기에 곤란했다.

"갔던 일은 어떻게 됐어?"

상황이 상황인지라 휴식조임에도 제대로 쉬지도 못한 모양이다. 베루는 피곤한 얼굴로 다가오며 물었다.

"다섯."

의미를 아는지 가볍게 고개를 숙여 죽은 자들을 묵념한 후 옆에 와서 앉는다.

"아직 교대 전인데 더 쉬지그래?"

“꼈어. 피곤하면 네가 들어가서 쉬어.”

“됐어. 나야 피곤하면 여기서 자면 돼. 그나저나 보호막을 고친다는 얘기가 있던데 잘되고 있는 거야?”

예전이라면 들은 척도 하지 않았겠지만 지금은 주민이라 생각하는지 머뭇거림 없이 말해줬다.

“쉽지 않은가 봐. 어쩌면 이곳을 떠나야 할지도 몰라.”

씁쓸해하는 표정에 더 묻는 건 어려웠다. 화제를 바꿨다.

“근데 지난번에 네가 쉘 쓰는 거 보고 위대한 존재라고 했었잖아?”

“…어.”

“드래곤이 변신한 줄 알았던 거냐? 아님 역시 이번에도 책이 잘못된 거냐?”

이 역시 말하기 곤란한가 주저주저한다. 그러나 곧 결심이 선 듯 말했다.

“선택받은 이들만 아는 일이니까 절대 다른 사람에게 말하면 안 돼. 알았지?”

“그럴게.”

“사실 인간들이 생각하는 드래곤의 형상은 위대한 존재들의 환영 마법을 보고 착각한 거야.”

“뭐?!”

생각해 보니 그럴 수도 있겠다 싶다.

천 년 전 사람들의 마법 실력은 6서클이 한계였다. 그러니

9서클인 드래곤의 환영 마법을 알아볼 수가 없었으리라.

"그럼 실제로는 어떻게 생겼는데?"

"우리와 비슷해. 가장 비슷한 존재를 찾으라면 인간과 가장 가까워."

"아하~ 그래서 나를 그들로 착각했구나."

유희를 하던 드래곤이 인간과 사랑에 빠졌다는 흔한 옛 이야기를 보고 얼마나 코웃음을 쳤던가.

만일 드래곤의 실체가 책에 그려진 대로라면 그들이 보기에 인간은 하찮은 벌레에 불과했다.

그런데 그들이 인간과 사랑?

인간이 바퀴벌레에게 사랑을 느껴 결혼을 했다는 말과 동급이었다.

한데 오히려 인간의 모습이었다니 훨씬 더 타당성이 있어보였다.

"응. 위대한 존재들이 사라진 지 이천 년 가까이 되어가는 걸로 나는 알고 있었거든. 근데 그들이 쓰던 마법을 사용하니 얼마나 놀랐겠어."

"큭큭! 그렇긴 하겠다. 웃을 일이 없었는데 재미있는 얘기해줘서 고맙다."

"전혀 재밌지 않아. 위대한 존재들은……."

말을 하던 베루는 갑자기 말을 멈춘 채 묘한 표정을 지었다.

'텔레파시를 하나 보군.'

유사 인종들의 종족 스킬. 이름을 알면 누구와도 대화를 할 수 있었다. 이세계의 전화기 같은 개념이랄까.

잠시 텔레파시로 대화를 하던 베루는 날 돌아보며 말했다.

"장로님들께서 너와 얘기하고 싶대."

"나랑? 언제?"

"지금 당장."

*　　*　　*

장로들이 왜 보자고 했을까. 혹시 모를 상황을 대비해 몇 가지 마법진을 그려놓고 샹카의 중심으로 갔다.

"어서 오게."

파하임이 반겨줬다.

엘하임, 파하임, 드하임은 상황이 상황인지라 밝은 표정은 아니었다.

"하실 말씀이 있다고 들었습니다."

"급한 상황에 길게 얘기하지 않겠네. 가능하다면 자네의 도움을 받고 싶네."

"도움이라면?"

"보호막을 고치러 사람을 보냈는데 실패했네."

"제가 알기론 8서클인 분이 간 것으로 알고 있는데 아닙니까?"

"맞네. 8서클 한 명에 7서클 넷이 들어갔네. 하지만 통로에 몬스터가 있어 물러날 수밖에 없었다더군."

8서클이 물러날 수밖에 없었다?

그렇다면 장로들이 들어가면 될 것을 왜 굳이 외지인에 불과한 나에게 부탁을 하는 거지?

내 생각을 알았는지 파하임은 설명을 덧붙였다.

"장로직을 가진 우리는 그곳에 들어갈 수 없네."

권력 분립을 위한 조처인가?

참, 복잡하게 산다.

'이 기회에 이 섬을 빠져나갈 수 있는 출구를 가르쳐 달라고 해볼까?'

베루와 얘기를 하면서 알게 된 정보에 의하면 이 섬에서 태어나고 자란 내부자 엘하임이 인간을 싫어하게 된 이유가 대륙을 구경하고 난 이후라고 들었다.

그 말인즉, 대륙으로 나갈 방법이 있다는 얘기였다.

'아냐. 조건 없이 하는 게 좋겠어.'

사실 좋은 기회였다.

분명 세 장로도 거부를 하지 않을 것이다.

만일 인간 세상이었다면 여지없이 조건을 걸었겠지만 조건 없이 나를 받아줬던 이들에게 위기의 상황이라고 조건을 거는 건 염치가 없는 짓이었다.

뭐, 사소한 제약은 있었지만 제약이라고 생각하지 않았으니 넘어가자.

"알겠습니다. 저로서도 하루빨리 보호막이 정상화되는 게 좋으니까요."

"허허! 조건 없이 말인가?"

"저도 일단은 마을 주민이니까요. 노예이긴 하지만."

"마을 주민이라… 나 역시 그리 생각하네. 하면 언제 출발하겠는가?"

"전 지금 당장에라도 가능합니다."

"고맙네. 쉴 방을 내어줄 터이니 잠깐 쉬고 있게. 준비가 되는 대로 바로 부르겠네."

8서클과 7서클 네 명이 위험하다고 빠져나온 곳이니 컨디션을 최상으로 해둘 필요가 있었다.

안내해 준 곳에서 잠을 청했다.

푹 자고 일어날 때까지 연락은 없었다.

나가서 물어보려 할 때 문을 열고 베루가 식판을 들고 들어왔다.

"방어는 어쩌고?"

"장로님이 지키고 계셔. 먹어. 1시간쯤 후에 출발할 거야."

"너도 가는 거야?"

"응. 다친 이를 대신하게 됐어."

선발대가 무사히 빠져나오지 못했나 보다.

고맙다 말하고 식사를 했다. 베루는 떠나지 않고 맞은편에 앉아 먹는 걸 구경했다.
"한 가지 물어봐도 돼?"
빤히 바라보는 것이 부담스러워 얘기를 꺼냈다.
"얼마든지."
"엘프들이 쓰는 마법을 배울 수 있을까? 다 가르쳐 달라는 건 아니고 원리 정도?"
"뭐 하려고? 네가 훨씬 강하잖아?"
"식물과 광물을 조정할 수 있는 것이 너무 신기해서. 마나가 할 수 있는 일이 어디까지인지도 궁금하고."
"……."
신기한 동물을 보듯 물끄러미 바라보는 베루.
"곤란하면 됐어."
"아, 아냐. 원리 정도라면 상관없어."
베루는 아이에게 하듯 원리에 대해 상세히 설명했다.
유사 인종의 마법은 간단히 말하자면 마나를 통한 식물의 생장점을 자극하는 것이었다.
물론 말로 표현하니 쉽지, 생장점을 파악하고 거기에 마나를 전달하는 마법을 배우는 건 별개였다.
엘프라고 해서 인간이 주로 사용하는 원소 마법을 사용하지 못하는 건 아니었다.
이들이 마나에게 사용하는 명령어는 또 달랐다.
"음, 살아온 삶이 달라서인지 룬어와 마법의 사용 방법이 조금씩 다르구나."

베루가 시범 삼아 보여주는 마법을 느끼며 중얼거렸다. 효율 면에선 당연 기생 드래곤이 사용하던 방법, 그 다음이 유사 인종의 방법, 마지막으로 인간의 방법 순이었다.

"똑같이 만들면 잡아먹힐까 두려웠던 거지."

"엥? 무슨 말이야?"

"…아무것도. 아무튼 원소 마법과 생장 마법은 크게 다를 것 없어. 한번 해볼래?"

뭔가 중요한 걸 말한 것 같은데 너무 막연한 말인지라 이해할 수 없었다.

일단은 생장 마법이 우선.

첫 단계는 주변의 식물을 느끼는 것.

베루는 가장 어려운 일이라고 했지만 나에겐 가장 쉬운 일이었다.

마보세로 집중하는 부분을 식물로 바꿔주기만 해도 가능했다.

'큭! 뭐가 이렇게 많아.'

주변을 느끼는 것과는 또 다른 느낌이다. 범위를 줄이고 작은 풀이나 뿌리 따위는 무시하고 큰 뿌리만 생각했다.

두 번째 단계는 생장점. 뿌리를 주로 이용하는 이유가 생장점을 굳이 찾을 필요가 없어서라고 했다.

세 번째 단계는 마법으로 마나를 밀어 넣고 조종하는 일.

'이런 식이었지.'

베루에게 배운 방식으로 룬어를 통해 마나를 움직여 땅 밑에 있는 뿌리에 전달했다.

쑤욱!

"헉!"

팔뚝만 한 뿌리가 바닥의 나무를 비집고 올라와 제멋대로 움직인다.

"조종! 조종해요!"

처음이라 쉽지 않았다. 집을 엉망으로 만들 것 같아—이미 엉망이긴 했지만—마나를 멈추자 그제야 뿌리의 생장이 멈췄다.

"휴우~ 쉽지 않네."

"미친… 처음인데 이 정도로 할 수 있는 것 자체가 기적이야."

"내가 좀 스마트하잖아."

"너 솔직히 말해. 인간 맞아?"

"나도 내가 인간인가 싶을 때가 있어."

"우웩! 잘난 척."

혀를 날름 빼내며 토하는 듯한 표정을 짓는다.

장난도 잠시, 이제 출발할 시간이 됐다.

베루를 따라 밖으로 나갔다. 날은 어두워져 있었다. 그녀와 함께 도착한 곳은 샹카 나무 밑이었다.

그곳에 기다리는 이들은 총 네 명으로 8서클 1명, 7서클 3명이었다.

그중 8서클인 여자 엘프는 다소 풍만한 몸매를 가지고 있었지만 왠지 모르게 경건한 마음이 들게 했다.

"조건 없이 돕는다고 하셨더군요, 아우스 경. 어떻게 호칭할지 몰라 경이라고 했는데 실례는 아닌지 모르겠네요. 전 엘루하예요."

과거에 경은 왕이 혹은 귀족이 아랫사람을 부를 때 쓰던 호칭이었다.

"적절한 호칭입니다, 엘루하 님."

"지금도 사람들이 죽어가고 있으니 움직이면서 얘기를 나눌까요?"

예, 라고 대답하자 엘루하의 마나가 움직였다. 그러곤 샹카의 한쪽 부분이 열리며 계단이 나타났다.

'신기하네. 분명 나무인 것 같은데.'

이세계의 지식이 없었다면 그냥 마법이려니 했을 것이다. 그러나 신기한 것이 많은 이세계를 봐서인지 샹카라는 나무가 새롭게 보인다.

엘루하가 앞장섰고 그 뒤를 따라 계단을 내려갔다.

스프링처럼 생긴 계단은 상당히 길었다.

"지하에 이런 곳이 있을 줄이야. 신기하네요."

"아직 놀라긴 일러요."

엘루하의 말처럼 계단이 끝나는 지점에서 다시 놀라야 했다.

계단은 지하의 거대한 공동으로 이어졌는데 황궁이라고 해도 과언이 아닐 만큼 거대하고 화려했다.

특히 천장에 그려진 그림과 조각들은 당장 살아날 것처럼 생생했다.

"와우~ 누구의 솜씬지 대단하군요."

"과거의 인간들의 솜씨죠."

"이곳에도 인간들이 살았습니까?"

엘루하는 빙긋 웃을 뿐 말을 아꼈다.

공동을 지나 족히 10미터 높이의 문이 있는 곳으로 갔다.

문이 열리고 안으로 들어가자 가장 먼저 반기는 건 몬스터의 피 냄새였다.

수십 마리의 몬스터가 죽어 있는데 전에 왔을 때 잡은 모양이었다.

"어라? 실버 울프도 아니고 이것들은 뭐죠? 늑대보다 개를 닮은 것 같은데."

"데워티오 도그예요."

샹카는 정말 신기한 것들이 많은 동네다.

개들의 시체를 넘어 걸어가자 다시 문이 나왔다.

긴 복도에 중간중간 벽을 만들어 통과하게 만드는 구조였다.

8번째 문 앞에 서자 엘루하가 걸음을 멈췄다.

"다음은 트윈헤드 오우거가 있어요. 거기서 실패를 했죠."

트윈헤드 오우거. 대가리가 두 개 달린 오우거는 몬스터 도감에는 없고 소설책에서 나오는 몬스터였다.

지금까지 처음 보는 몬스터들도 있는데 새삼 놀랄 이유는 없었다.

"아무리 두 대가리 오우거라도 8서클보다 강할 줄은 몰랐군요."

"두 마리예요. 그리고 장소가 좋지 않아요."

엘루하가 문을 열자 지금까지와 달리 좁은 방 안에 두 마리의 오우거가 어슬렁거리는 것이 보였다.

선발대가 왜 당했는지 짐작할 수 있었다. 아마도 좁은 공간에서 마법을 쓰고 방어하려다 보니 힘들었을 것이다.

"팔도 네 개군요."

터질 듯 부풀어 오른 네 개의 팔엔 검, 도, 쇠사슬이 들려 있었다.

"긴장하지 않아도 돼요. 문을 넘어서면 그때 인식을 하고 달려든답니다."

"재미있군요. 근데 엘루하 님, 궁금한 게 있습니다."

"뭐죠?"

"제가 듣기론 예전에도 보호막이 꺼졌을 때가 있다고 들었는데 그때는 어떻게 통과하셨습니까?"

"그땐 복도에 아무것도 없었어요."

"그럼……?"

"최근에 갑자기 저들이 깨어났죠. 저도 영문을 모르겠는데 아마도……."

엘루하는 말을 하다 말고 입을 닫았다.
어지간히 말을 아끼는 여자다.
"여긴 저 혼자 들어가겠습니다."
이제는 여덟 자루밖에 남지 않은 검 중 두 개를 꺼내 양손에 잡았다.
"괜찮겠어요?"
"그 편이 오히려 편할 것 같습니다."
"위험하다 싶으면 문밖으로 빠져요. 그럼 뒤쫓지 않을 거예요."
"그러죠."
내가 보기에 엘루하는 아직 다 낫지 않은 상태였다. 넓기라도 하면 보조를 부탁하겠지만 좁은 곳에선 오히려 거추장스럽다.
"8 대 2인가?"
가볍고 어깨를 풀며 안으로 들어갔다.
크르릉! 크엉!
안으로 들어서자마자 두 마리의 오우거는 낮게 으르렁거리며 다가왔다.
"자, 제대로 놀아보자고!"
말이 끝나기 무섭게 두 개의 쇠사슬이 날아왔다. 다리로 마나를 내뿜으며 빠르게 접근했다.
콰륵! 콰르륵!

스쳐 지나가는 것만으로도 위협적이었지만 땅바닥을 긁었다.

검강이 맺힌 두 개의 검이 다리를 노리고 움직였다.

쾅! 쾅!

검과 검, 검과 도가 부딪혔다.

'허~ 검강을 버티는 검이라니. 게다가 반탄력이.'

손이 찌릿찌릿했다.

챙! 챙! 쾅! 가가각! 채쟁!

숨 돌릴 틈도 없이 공격해 왔고 나는 조금씩 밀릴 수밖에 없었다.

신체 능력으로만 놓고 보자면 나보다 강했다.

'이러니 당했지.'

전투 마법사라고 해서 하단전을 이용한다고 하지만 마법사에게 가장 치명적인 건 근접전. 게다가 오우거 한 마리가 중앙에서 양팔을 뻗으면 2, 3미터 정도밖에 남지 않을 정도다.

즉, 마법사가 어디에 있든 발을 내디디며 손을 뻗으면 공격할 수 있다는 거다.

등이 벽에 닿았다.

실력 체크는 이 정도면 충분했다.

좁다는 것이 오우거에게만 유리한 건 아니었다. 방어할 수 있다면 무엇보다도 내게 유리했다.

검은 검대로 움직이면서 상단전을 움직였다.

수십 개의 3서클 마법이 떠올랐다. 큰 마법을 써봐야 피해는 나에게도 올 터.

펑! 쨍! 까깡! 쾅! 퍼펑! 푹! 스각!

수십 개의 소리가 동시다발적으로 울리는 듯 방 안—복도—을 채웠다. 그리고 마법에 손발이 어지러워진 오우거들은 점차 피투성이로 변해갔다.

트윈헤드 오우거들이 똑똑하고 더 강하다고 하지만 피지컬로 눌러 버리니 버틸 재간이 없었다.

푹! 푹!

너덜너덜해진 다리 때문에 무릎을 꿇는 오우거들. 그들의 심장에 검을 박았다.

“심장이 좌우 두 개예요.”

어쩐지 일반 오우거와 달리 강하더라니.

뺐다가 다시 한 번 박아야 하는 번거로움은 있었지만 싸운 시간을 생각하면 눈 깜박할 사이였다.

“검술이 강하시네요, 아우스 경.”

“저에게 유리한 장소였을 뿐입니다.”

“겸손하기도 하구요.”

노닥거릴 시간이 없었다. 우린 다음 문 앞에 섰다.

“다음은 뭡니까?”

“글쎄요. 제발 약했으면 좋겠네요.”

뭐가 나타날지 모르는 모양이다. 하긴 최근에 나타났다니 알 수 있는 게 오히려 이상하다.

문이 열렸다.

"어라, 사람?"

오우거가 있었던 공간보다 몇 배는 넓은 곳에 두 명의 여자가 서 있었다.

뱀의 피부처럼 매끈하고 몸에 착 달라붙는 옷을 입고 있는데 몸매가 미의 여신 조각상보다 훌륭했다.

"피에스타예요."

"피에스타?"

"인간과 가고일의 합성종이죠."

"진짜요?"

자세히 보자 옷에 가려져 있던 등 뒤에 날개와 꼬리가 보였다. 꼬리 끝에 달린 화살촉 모양. 가고일의 꼬리와 동일했다. 날개와 꼬리만 가고일을 닮고 나머지는 인간을 닮은 모양이다.

두 명? 아니, 두 마리?

명이든 마리든 두 피에스타는 밖으로 나오진 않았지만 우리 쪽을 보고 있었다.

"얼마나 강하죠?"

"모르겠어요. 그냥 피에스타라는 종이 있다는 정도만 알 뿐이에요."

9서클? 아닐 것이다. 내가 보기엔 8서클 정도.

누군가가 침입하는 걸 막기 위한 가디언이 9서클이라면 그 주인은 10서클은 되어야 했다. 그래야 통제할 수 있다.

10서클은 이상(理想)의 영역이다. 완전체, 즉 신의 능력을 10서클로 규정했다.

그 전에는 드래곤의 능력인 9서클을 신의 능력이라 했지만 피트가 9서클에 이른 후 더 높은 이상의 단계를 만든 것이 10서클이다.

만약 내 예상이 틀렸다면? 피에스타가 9서클이라면?

죽는 거다.

죽음. 두렵다.

이제 좀 잘 살 만한데. 10번째 만에 스무 살을 넘겼고 힘도 세고 돈도 많은데.

그럼에도 불구하고 저들을 죽이지 않으면 나아갈 수 없다는 것이 문제였다.

내가 주춤거린다고 생각해서일까, 엘루하가 힘을 주는 말을 했다.

"샹카를 벗어날 수 있는 출구 역시 저 안으로 일단 들어가야 열 수 있어요. 보호막을 다시 칠 수 있게 해준다면 출구를 열어줄게요."

"그런가요? 반드시 뚫어야 할 이유가 생겼군요."

"본래 이 일이 끝나면 열어줄려고 했어요. 아무것도 바라지 않고 이 일에 참여했으니까요."

엘루하의 말은 진실이리라.

"목적지까지 몇 개의 문이 남았습니까?"

"두 개요. 다음이 마지막이에요."

"다음이 더 강하겠죠? 그럼 일단 제가 먼저 들어가서 둘을 상대해 보죠. 보고 있다가 들어와 주세요."

"혼자 무리할 필요 없어요. 완전하지 않지만 싸울 수 있어요."

"무리하는 게 아니라 마지막을 위해섭니다."

갈수록 강해진다. 그렇다면 마지막 방이 가장 강할 터. 나보다 강한 것이 있다면 그때 도움을 받는 편이 더 나았다.

막 들어가려 할 때 내 손목을 붙잡는 손이 있었다.

돌아보니 베루였다.

"…괜찮겠어?"

미운 정이라도 들었을까, 아님 단순한 안타까움일까.

"나가서 맛있는 거 해줄게, 기다려."

위험하다 싶으면 복도 밖으로 나갈 것이다. 그 다음 대책을 다시 세우면 된다.

베루에게 웃어준 후 문 안으로 들어섰다.

두 피에스타는 왜 혼자 들어오느냐는 듯 고개를 갸웃거렸다.

"덤벼. 일단 얼마나 강한지……!!"

파앙! 퍼버벅!

순식간에 접근해 온 피에스타가 주먹을 휘둘렀다. 맞는 방향대로 몸을 날리지 않았다면 얼굴이 통째로 터져 버렸을지도 모른다.

"아구구! 공격이 매섭네. 너희도 육체파냐? 퉤!"

침을 뱉는 순간, 두 마리가 내게 접근해 왔다.

그냥 사라졌다가 내 옆에 나타나는 빠르기였다.

'베네툭과 대결에서 정신적 벽을 깨뜨리지 않았다면 내가 당했을지도 모르겠군.'

"쉘!"

타당! 다다다당!

"키익? 키에엑!"

"크에~ 크라라락!"

쉘에 막히자 피에스타는 대화를 하는 듯 보였다. 이어 두 손에 수강으로 보이는 파란 기운이 맺어졌다.

쉘의 견고함을 테스트할 생각은 없었다.

네 개의 검을 뽑아 검강을 두른 후 맞대응했다.

검으로 두 피에스타의 네 손을 막았다. 그러자 꼬리가 창처럼 옆구리를 찔러왔다.

슬쩍 앞으로 발을 내딛는 것으로 피하고 두 개의 투명 손을 만들어 꼬리를 잡았다. 그리고 공중에서 한 바퀴 돌리며 바닥으로 내려쳤다.

팍! 팍!

공격이 어설펐는지 쭉 뻗은 다리로 투명 손을 차 없애 버렸다. 그 다음 공중에서 비정상적인 움직임을 보이며 공격해 왔다.

마치 제비 같았다.

"날개가 폼으로 달린 건 아닌 모양이네, 큭!"

퍽!

몸속의 마나를 배에 옮기며 방어를 했지만 창자가 끊어질 듯한 충격이 전해졌다.

배가 아프다고 바닥을 뒹굴 수도 없었다. 또 한 마리의 제비(피에스타)가 다가와 목을 베어왔다.

빠르게 몸을 움직여 피했지만 완전히 피하는 건 불가능했다.

목이 베이며 피가 흘렀다.

"이런 씨……."

욕할 시간도 없었다.

날면서 움직이는 것을 제대로 막지 못하자 두 피에스타는 날아다니며 공격해 왔다.

바람을 잔뜩 넣은 오크 오줌보를 방 안에서 놓았을 때처럼 벽과 천장을 이용해 속도를 높이고 줄이며 공격해 오는 두 마리에게 나는 대책 없이 당했다.

힐링과 리커버리로 낫는 속도보다 다치는 속도가 빠른 상황.

엘루하와 베루 등이 들어오려 했지만 막았다.

오랜만에 눈을 감았다.

눈을 뜬 상태에서도 마보세를 볼 수 있지만 지금은 시야가 방해만 됐다.

'규칙을 찾아야 해, 규칙을.'

두 피에스타의 공격 90퍼센트를 막고 있다. 간간히 반격도 했다. 그러나 10퍼센트의 피해가 점점 누적이 되자 나는 피투성이가 되어갔다. 대신 규칙이 보이기 시작했다.

"바로 여기!"

완벽하진 않지만 두 피에스타가 날아올 방향을 예측하고 검을 뻗었다.

빠르지 않았지만 천근추까지 이용하며 묵직하게 내질렀다. 그들의 속도로 그들을 죽게 만들 요량이었다.

퍽! 퍽! 콰직!

턱뼈와 갈비뼈가 동시에 나갔다.

어디가 바닥인지 어디가 천장인지 모르게 빙글빙글 돌다가 바닥에 부딪혔다.

"…이런 시… 바… 드, 들어오지 마여!"

트윈헤드 오우거를 상대하지 못했다면 여기 들어와 봐야 소용이 없었다.

두 대 맞고 나자 정신이 번쩍 들었다.

불규칙에서 규칙을 찾는다? 개소리다.

애초에 규칙이 있다면 그걸 왜 불규칙이라고 말하겠는가.

규칙이 없다면 규칙적으로 움직이게 만들면 되는 일인데 헛지랄했다.

'될지 모르겠네.'

상관없다. 되게 만들어야 했다.

"쉘! 쉘! 쉘!"

주변에 쉘의 벽을 세웠다.

쿵! 퍽! 팍!

"키에엑!"

"크라라라!"

벽을 세우자 빠른 속도로 나는 것이 단점이 되어버렸다. 알아서 부딪히고 알아서 나뒹굴었다.

피에스타는 속도를 줄였다. 그리고 쉘의 위치를 기억하며 공격해 왔다. 속도를 줄이고 공격해 올 곳을 아는데 다시 상처 입을 일은 없었다.

"진즉에 이랬어야 할 일을."

물론 지금 편한 건 아니다.

8서클 마법을 연속적으로 펼치며 쉘을 그대로 유지하려 들자 마나가 쭉쭉 빠지고 있었다.

더 길게 끌면 모조건 패하게 되었다.

쉘을 더 소환했다. 욕조에 큰 구멍이 난 것처럼 마나가 사라졌다. 그러나 드디어 불규칙이 규칙이 되었고 두 피에스타가 날아올 방향이 그려졌다.

피에스타가 날아온다. 마나가 바닥이 나면서 멀리 있는 쉘부터 하나씩 사라진다.

상관없다. 몸을 띄우며 180도 돌아 그대로 내려쳤다.

스각! 스각!

퍽! 퍽! 퍽! 퍽!

네 덩어리로 변한 피에스타가 벽에 처박혔다.

챙그랑! 챙그랑!

검을 놓고 바닥에 주저앉았다.

울컥 피가 목에서 솟구쳤다.

부러진 갈비뼈가 리커버리로도 제대로 붙지 않았는지 장기를 찌른 모양이었다.

피를 뱉으며 비명을 지르는 몸을 누이려 할 때 네 개의 리커버리가 몸을 덮었다.

네 명의 힐러. 몸이 빠르게 나아간다. 하지만 생각보다 많이 다쳤는지 완전히 낫지 않았다.

"괜찮니?"

베루가 달려와 걱정스레 바라봤다.

"보시다시피. 잠깐만 마나 좀 채울게."

누워서 마나 호흡법을 했다. 그때 누군가가 머리를 쓰다듬으며 '아~'만 연속적으로 이어지는 노래를 불렀다.

마나 호흡법 중에 터치라니, 팀킬인가?

화들짝 놀라 일어나려 할 때였다. 그보다 빨리 주변의 마나가 몸 안으로 몰려들어 왔다.

'종족의 특징인가?'

머리를 쓰다듬는 손이 길고 가는 걸 보면 엘프가 분명했다.

누군지 확인하고 싶지만 그마저도 귀찮을 정도로 포근하고 나른해졌다.

'졸려. 마나라…….'

문득 마나가 어느 때보다 또렷하게 느껴졌다.

몸 안의 마나, 방 안의 마나, 쓰다듬는 엘프의 마나, 방을 넘어 대지의 마나, 하늘의 마나, 이 행성의… 마나. 이세계의 기억 중 우주에 대한 영상을 보는 것 같이 내 의식은 점점 멀어…….

정신이 번쩍 들었다. 잠이 들었나 보다. 눈을 뜨니 시선을 절반쯤 가린 봉우리(?) 두 개가 보인다. 그 다음 걱정스레 쳐다보고 있는 네 사람.

봉우리의 주인이 누구인지 금세 알아챘다.

"내가 얼마나 잤어, 베루?"

봉우리 너머로 베루의 얼굴이 보인다.

"10분쯤."

꿀잠이라도 잤는지, 아님 베루의 손이 약손인지 컨디션도 만땅, 마나도 만땅이었다.

중요한 걸 잊은 것 같은데, 기억이 나지 않았다.

"이제 괜찮아. 근데 베루 네가 머리를 쓰다듬어서 그런가? 몸이 금방 좋아졌어. 엘프의 치료법인가?"

대답은 베루가 아닌 엘루하가 했다.

"…선택받은 엘프의 치료법이죠."

말하는 엘루하의 표정이 좋지 않았다.

베루의 허벅지를 베고 있어서? 한시라도 서둘러야 해서? 둘 다? 모르겠다.

"고마워, 베루."

고마움을 표한 후 일어났다. 이들을 위해서라곤 하지만 나 역시 얻을 것이 있으니 서둘러야 했다.

엘루하가 다시 문을 열었다.

복도가 아닌 계단을 내려왔을 때 봤던 거대한 공동이 보였다. 그리고 공동의 중앙에 인간으로 보이는 이가 산책하듯 서성이고 있었다.

안력을 높이고 꼼꼼히 살펴봤지만 꼬리도 날개도 없고 특이점이 없었다.

"이번엔 어떤 합성종입니까?"

"글쎄요."

엘루하가 모르는 것이 있다는 게 신기했다.

한참 정체를 파악하기 위해 쳐다보는데 녀석이 우릴 발견하곤 천천히 걸어왔다.

지금까지완 다른 패턴이었다.

"제가 보기엔 아무리 봐도 인간 같은데요."

"인간 맞습니다."

다가온 녀석이 말을 했다.

우리가 놀라자 그는 빙긋 웃으며 말을 이었다.

"앞의 가디언들은 다 죽인 겁니까?"

"가디언? 몬스터들 말입니까?"

"네. 그들은 이곳을 지키는 가디언들이죠."

"해야 할 일이 있는데 방해를 해서 죽였습니다."

"이런! 뭔가 잘못됐군요. 하긴 제가 깨어난 것부터가 잘못되었으니."

도대체 젊은 녀석이 뭔 말을 하는지 모르겠다.

"무슨 말인지 모르겠고, 우린 샹카의 보호막을 다시 작동시키기 위해 왔습니다. 막을 생각입니까?"

상단전도 활성화되지 않을 걸 보면 딱히 강해 보이지 않았다. 그러나 모르는 일이었기에 긴장을 늦추지 않고 말했다.

"제가요? 하하하! 전 집사이지 가디언이 아닙니다. 싸우길 원하신다면 가디언을 불러줄 수는 있습니다."

더 이상 싸우지 않아도 된다는 점은 마음에 들었다.

"그럼, 보호막을 다시 작동시켜도 되겠습니까?"

"아아! 그건 제 임의대로 할 수 없습니다. 마침 관리자님도 계시는 것 같으니 일단 얘기를 들어보고 결정하도록 하죠. 들어오시죠."

사내는 엘루하를 흘낏 보며 관리자라고 말했다.

엘루하를 쳐다보자 고개를 끄덕였다.

우린 사내를 따라 공동으로 들어갔다.

46장

대륙으로

공동의 한쪽.

사내가 지내는 곳인지 테이블과 살림살이가 놓여 있었다.

웃기는 건 의자가 6개. 한 명은 앉을 수가 없었다. 아니, 앉을 필요가 없었다.

"거기 인간분은 자리를 비켜주시죠."

"아… 네."

멀찍이 떨어지려는데 관리자, 동반자 따위의 얘기가 간간히 들렸다.

딱히 궁금하지도 않았기에 무시하고 거대한 공동을 구경했다.

원형 천장 부근을 빼곤 딱히 구경거리가 없었다. 그래서 플라잉으로 천장으로 올라갔다.

"오호! 대단한데."

밑에서 볼 때보다 훨씬 웅장하고 거대했다.

수천 개의 문양, 수백 개의 조각, 수십 개의 그림이 어울려져 또 다른 아름다움을 만들어내고 있었다.

"헐~ 아래에서 볼 땐 태양을 나타내는 하나의 그림인 줄 알았는데."

천장 중앙에 태양—밑에서 보기에—은 12가지의 다른 그림으로 이루어져 있었다.

대부분은 태양을 유사 인종이 우러러보는 그림이었는데 그림 하나하나를 볼 때마다 감탄사를 터뜨릴 만큼 대단했다.

하나의 그림에 족히 수백 명의 유사 인종이 그려져 있는데 표정이 살아 있었다.

"존경? 경배? 아! 경외. 근데 태양을 보고 왜 두려워하는 거지?"

태양을 바라보고 있는 유사 인종들은 경외(존경하면서도 두려워함)의 표정을 짓고 있었다.

"태양이 떨어질까 두려웠다. 어? 이건 샹카랑 얼스 드래곤 같은데……."

그림이 아닌 메시지로 보자 12장의 그림은 하나의 메시지가 되었다.

12시 방향의 그림을 시작으로 시계 방향으로 그림을 돌려보면 행성의 역사가 보였다.

첫 번째 그림엔 불과 바위뿐인 행성에 태양이 떠 있고, 두 번째 그림엔 얼스 드래곤이 바위를 깨 흙을 만들고 샹카가 자연을 일군다.

다음 차례차례 유사 인종, 몬스터, 인간들이 나타나고 있었다.

주변도 풀밭에서 나무숲으로, 엉성한 들판에서 마을로, 도시로 발전했다.

딱히 어마어마한 발견을 했다는 생각 따윈 없었다.

대도시 신전에 가면 유사한 그림이 있었다.

태양 대신 신의 모습이, 유사 인종과 몬스터 대신에 인간이 있는 것이 조금 다를 뿐이었다.

'태양이 위대한 존재, 신을 뜻하는 건가? 그럼 인류의 기원은 위대한 존재들인 것이 되는 건가?'

재미있는 세계관이었다.

대륙의 정설은 '신이 인간을 창조했다'이다.

그 외에 드래곤이 인간을 만들었다, 엘프가 인간에게 마법을 가르쳤다 따위의 속설이 전해졌다.

하지만 정설이든 속설이든 역사학자도 아닌데 수천 년 전의 일에 관심을 가질 필요가 없었다.

한참 구경하는데 대화가 끝났는지 엘루하가 어딘가로 통하는 문을 열고 들어갔다.

"얘기는 잘 끝났어?"

땅으로 내려와 베루에게 물었다.

"응. 지금 엘루하 님이 고치러 들어가셨어."

"다행이네."

이들에게도 나에게도 잘된 일이었다.

"근데… 언제 떠날 거야?"

"글쎄, 당장은 힘들지 않을까? 내 생각엔 출구는 샹카가 안정이 된 후에야 열어줄 것 같은데."

"인간 세상은 어때?"

"여기와 달리 번잡하고 시끄러워. 그래서 좀 더 재미있는 일이 많고. 조용한 곳이 좋다면 여기에서 사는 게 나을 거야. 왜? 인간 세상 구경하고 싶어?"

"……."

베루는 답을 하진 않았다. 그러나 구경하고 싶다는 표정을 숨기지 못했다.

"혹시 나중에 놀러올 일 있으면 플린 왕국의 프링크가로 와. 편안하게 인간 세상을 여행할 수 있도록 해줄게. 이래봬도 꽤 잘나가는 편이거든."

우우웅!

허세를 떨고 있는데 갑자기 벌이 우는 듯한 소리가 들리며 공동이 부르르 떨렸다.

잠시 후 엘루하가 웃는 얼굴로 나왔다.

"보호막이 정상 작동 됐어요. 모두 수고했어요."

"예스!"

혹시 몰라 긴장을 풀지 않고 있던 나는 손을 들어 올리며 주먹을 불끈 쥐었다.

*　　　*　　　*

보호막이 다시 쳐지자 샹카의 주민들은 가장 먼저 죽은 이들을 땅에 묻고 장례를 치렀다.

가족 혹은 친한 이들의 죽음에 대한 반응은 인간과 다르지 않았다. 그날 밤 흐느껴 우는 소리가 밤새 샹카를 채웠다.

그리고 사흘쯤 지나자 샹카의 주민들은 일상으로 돌아갔다.

나와 베네툭의 일상은 바뀌었다. 도시 내로 집을 옮겼고 더 이상 일을 할 필요가 없었다.

베네툭은 심심하다며 일을 하러 갔지만 내가 보기엔 방해만 되지 않으면 다행이었다.

난 틈틈이 베루에게 배운 마법 수련을 하는 걸 제외하면 하루 종일 마을을 서성였다.

더 이상 탈출 불가능 한 곳이 아니라고 생각하자 관광지처럼 느껴졌다.

"그나저나 이 양반들은 언제 열어준다 말이라도 할 것이지 마냥 기다리게 만들어. 혹시 마음이 바뀐 건 아니겠지?"

보호막이 작동된 지 5일이 지나자 슬슬 지루해졌다.

장로들에게 시위라도 하듯이 샹카 나무 밑에서 서성였지만 마주쳐도 별말 없이 지나갈 뿐이었다.

"똥 마려운 고블린처럼 뭐 하고 있어?"

베루가 날 보더니 툭 쏘며 말했다.

며칠간 기분이 안 좋아 보여 걱정했는데 원래 모습으로 돌아온 것 같아 다행이다.

"혹시 출구를 언제 열어준다는 말 없냐?"

"몇 달을 버텼으면서 그렇게 빨리 떠나고 싶어?"

"하하! 그냥 마음이 조급해지네."

"장로님들께서 널 찾아. 출구는 여는 일 때문인 것 같으니 가봐."

"오! 드디어!"

멀지 않은 곳이라 단숨에 달려갔다.

세 장로와 엘루하가 기다리고 있었다.

"오래 기다렸죠? 중요한 일을 상의하느라 결정이 늦어졌어요."

엘루하가 대표로 말했다.

"괜찮습니다."

"이해해 줘서 고마워요. 내일 오전에 게이트를 열기로 했어요. 준비할 것이 있다면 미리 준비해 두세요."

"네!"

준비는 이미 끝내뒀다.

엘프들이 만든 과일주와 파머가 만든 곡주, 대륙엔 없는 애플 체리를 챙겼다.

샹카에 머물렀다는 증거가 되리라.

"오늘 저녁에 두 분을 위한 간단한 송별회를 할 예정이니 참여해 주세요."

"물론이죠!"

"그리고… 아니에요. 내일 떠날 때 말씀드리죠."

1분도 안 돼서 대화는 끝이 났다.

장로와 엘루하를 뒤로하고 나온 나는 입이 찢어져라 웃었다.

"쯧쯧! 아주 입이 찢어지네, 찢어져."

밖에서 기다리고 있던 베루가 혀를 차며 말했다.

마침내 내일이면 돌아갈 수 있다는 생각에 베루의 그런 모습마저 귀엽게 보인다.

"참으려 해도 자꾸 웃음 나오네. 하하하! 베루, 혹시 내가 해줬던 음식 중에서 먹고 싶은 거 있어?"

"그건 왜 물어?"

"양념과 향신료가 조금 남았거든. 이제 아낄 필요가 없으니 다 써버리려고."

"작별 선물, 뭐 그런 건가?"

"비슷해. 평범한 곳이라면 자주 놀러올 텐데. 나이 들면 올 수도 있고."

"여기가 놀이터인 줄 알아? 들어오고 싶으면 들어오고 나가고 싶으면 나가게."

"냉정하긴. 먹고 싶은 게 없음 말고."

"네가 더 냉정하거든! 구이로 해줘. 맵게."

"오케이~ 참! 나 잠깐 보호막 밖에 나갔다 올 테니까 침입자로 오해하지 마라."

"뭐 하려고?"

"구이는 뭐니 뭐니 해도 멧돼지거든."

송별회를 한다니 조금 준비를 할 생각이다.

섬을 돌며 수십 마리의 멧돼지를 잡았다. 그리고 샹카 주변에 통구이 틀을 설치해 구웠다.

날이 어두워지고 송별회가 시작되기 전까지 열심히 움직였지만 샹카 주민들이 한 점씩도 제대로 먹지 못할 양이었다.

2만 명 가까운 주민을 생각하면 당연했다. 그저 약간의 도움이 되었다는 것에 만족했다.

"핫핫핫핫!"

"허허허!"

"깔깔깔깔!"

"히히히!"

워낙 차분하고 조용한 이들이라 송별회 역시 조용할 줄 알았다. 근데 예상과 달리 꽤 시끌벅적했다.

술을 먹고 벌게진 얼굴로 돌아다니거나, 고래고래 고함치는 이들도 있었고, 연인과 숲으로 가는 이들도 있었다.

주정을 부리거나 행패를 부리는 이가 없다 뿐이지 인간의 술 문화와 다르지 않다.

난 모닥불 근처에 앉아 멧돼지 통구이가 타지 않게 간혹 뒤집으며 송별회를 즐기고 있었다.

눈이 마주치면 가볍게 눈웃음을 보내거나 술잔을 드는 것으로 인사를 대신한다.

간혹 내 도움에 대한 고마움을 표현하려는 건지 자신의 집에서 만든 술 한 병을 조용히 내 옆에 놓아두고 가는 이들도 있었다.

'푸헤헤!' 하는 특유의 웃음소리를 흘리며 파 드락과 술을 마시던 베네툭은 어디를 갔는지 보이지 않는다.

샹카의 모습을 눈에 담으며 다시 술을 마셨다.

"크으~"

이번 술은 꽤 독하다. 술이 넘어가자 목에서 위까지 몸의 구조가 그대로 느껴진다.

독주를 좋아하는 드워프가 만든 술인 모양이다.

스윽!

불 위에서 돌고 있던 멧돼지 구이의 일부가 잘려 날아와 입으로 쏙 들어왔다.

겉은 바삭하고 매콤했고 속은 부드럽고 담백했다.

"음, 다 됐네. 이제 먹어도 되겠다."

멧돼지 구이를 불 위에서 내려 한쪽에 내려놓고 장검으로 먹기 좋게 잘랐다.

기분이 좋아 과장되게 검무를 췄더니 아이들이 재미있다며 손뼉을 치고 깔깔댄다.

"그나저나 얜 어디 간 거야? 지금 먹어야 맛있는데."

베루가 보이지 않았다.

떽떽거리는 말투가 들리지 않으니 서운하다.

샹카의 주민들은 맵게 만든 멧돼지 구이를 무척 좋아했다. 혀를 내밀며 헤헤거리면서도 마음에 드는지 계속 먹었다.

결국 조금 떼어내 남겨둬야 했다.

베루는 그러고도 한참 후에야 왔다.

"자! 약간 식었지만 먹을 만할 거야. 뭐 한다고 이제야 온 거야?"

"여기저기 돌아봤어."

"술도 꽤 마신 것 같은데?"

살짝 붉어진 볼과 다소 멍해 보이는 눈빛이 그녀가 제법 취했다고 말해주고 있었다.

"쬐~ 끔, 헤헤!"

헐~ 지금 귀염 떠는 건가? 전혀 어울리지 않거든!

술을 잔뜩 먹은 게 분명했다. 난 고개를 절레절레 흔들었다.

"어째 나보다 네가 떠나는 사람처럼 보이냐? 취했으면 얼른 들어가서… 자… 냐?"

잠시 눈을 돌렸다가 보니 언제 만들었는지 모를 나무 베개를 베고 잠들어 있었다.

"여든 살 먹은 애라… 훗!"

모닥불이 근처에 있어 이불을 덮어줄 필요는 없어 보였다.

밤이 깊어지자 하나둘 집으로 들어갔다. 물론 마시는 사람은 여전히 많았다. 한데 새벽이 되자 눈에 보이는 이들은 몇 명이 되지 않았다.

"이러다 밤새겠네. 데려다주고 싶어도 집이 어딘지 알아야 데려다주지."

깨우려고 몇 번 불러봤지만 요지부동이라 모닥불만 관리하며 시간을 죽였다.

다행히 별이 하나둘 사라질 때가 되자 30대 초반쯤 되어 보이는 남자 엘프가 다가왔다.

"이 녀석, 여기에 잠들어 있었구나."

표정과 눈빛을 보고 남자 엘프가 베루의 아버지라는 걸 느낄 수 있었다.

"우리 애 때문에 들어가지 못하고 있었나 보군."

"아닙니다. 술 좀 깨려고 있었습니다."

"후후, 엘프의 특성이 뭔지 잊었나 보군. 아무튼 고맙네."

그는 베루를 안아 올렸다. 그에 베루가 살짝 몸을 뒤틀었고 그녀의 배 위에 있던 금빛 목걸이가 차륵 소리를 내며 그의 가슴팍으로 미끄러졌다.

베루의 아버지는 목걸이를 흘낏 보더니 나를 봤다.

"아! 선물입니다. 그동안 베루에게 신세 진 것이 있어서 작별 선물로 만들어봤습니다, 하하……."

몰래 올려뒀는데 들켜 버렸다.

"베루가 좋아하겠어."

내 변명 아닌 변명에 빙긋이 미소를 지으며 말한 후 돌아서서 갔다.

"휴우~"

나쁜 짓을 한 것도 아닌데 안도의 한숨이 나왔다. 그때 베루의 아버지의 목소리가 들려왔다.

"인간 세상에선 어떤지 모르지만 샹카에서 목걸이를 주는 건 청혼의 의미라네. 부디… 잘 보살펴 주게."

"…예? 네에?"

무슨 소린가 싶어 의문을 표했지만 설명 없이 그는 사라졌다.

멍하니 사라진 방향을 보던 나는 머리를 벅벅 긁으며 중얼거렸다.

"하여간 이 동네는 의문이 너무 많아."

떠나기 전 두세 시간이라도 눈을 붙일 요량으로 집으로 향했다.

*　　　　*　　　　*

벌컥! 열리는 문소리에 눈을 떴다.

커다란 짐을 멘 베네툭이었다.

“가자! 푸헤헤헤헤!”

눈을 쓱 비빈 후 침대 옆에 놓여 있던 짐들을 챙기는 것으로 준비를 마쳤다.

“너 갈 데 없음 나랑 가자. 내가 자작 시켜줄게, 자작. 어때? 푸헤헤!”

“됐거든요. 저도 한때 자작이었어요.”

“그래? 그럼 백작 시켜줄게, 백작. 아? 안 되나? 황제한테 말하면 되겠지. 될 거야. 암! 누구 말인데.”

정신없이 시끄러운 것도 잠시 후면 끝이다.

이제 베네툭에게 악의는 없지만 그렇다고 마냥 하하호호 친하게 지낼 마음은 없다.

몇 달간 죽도록 때린 것을 잊어주는 것만 해도 나는 대인배라고 불리기에 충분했다.

때린 놈은 기억 못 해도 맞은 놈은 기억했다.

약속된 장소로 가자 엘루하와 세 장로, 베루와 다섯 명의 이종족들이 대기를 하고 있었다.

근데 이상한 건 베루도, 두 명의 엘프도 등에 커다란 배낭을 메고 있었다.

"아!"

나도 모르게 소리치고 말았다.

모두의 시선이 나를 향했다.

엘루하는 알 수 없는 미소를, 엘하임은 예나 지금이나 불만 어린 표정을 짓고 있었다. 파하임과 드하임은 사람 좋은 표정으로 있었고 남자 셋, 여자 둘인 이종족들은 잔뜩 긴장한 얼굴이다.

"부탁드리려 했는데 눈치챘나 보군요."

엘루하가 설명을 했다.

"우리가 언제까지 세상과 동떨어진 샹카에서 지낼 수 있을지 모르겠어요. 그래서 이제부터라도 조금씩 세상에 대해 알아가려고요."

좋은 생각이다. 보호막이 언제까지 갈지 모르겠지만 미리 대비를 해두는 것이 좋았다.

"도와주세요."

"가급적 많이 알 수 있도록 도와드리겠습니다."

딱 부러지게 설명을 하는데 뭐라 하겠는가.

"걱정하지 마. 내가 책임질게. 강하게도 만들어줄게, 푸헤헤헤! 근데 파 드락은 안 가나?"

베네툭이 자신이 책임지겠다고 말했지만 그에게 시선을 주는 사람은 없었다.

"잘 부탁해요. 자, 그럼 게이트를 열도록 할게요."

이별은 짧을수록 좋다고 생각하는지 엘프들의 일이 해결되자 바로 게이트를 열었다.

독특하게 마나가 일렁이며 대륙으로 나가는 출구가 생성됐다.

게이트라고 해서 문이 생긴 건 아니었다. 그저 아지랑이처럼 일렁이는 것이 다였다.

“게이트의 건너편은 발칸 산맥일 거예요. 워낙 오랜만에 열어서 어디와 연결되었는지는 알 수가 없으니 조심하세요.”

“그럼 가보겠습니다. 놀러온다는 말이 어울릴지 모르겠지만 기회가 온다면 다시 뵙죠. 그리고 지금에서야 말씀드리는 거지만 제 억지를 받아준 것 감사합니다.”

마지막 말은 세 장로에게 향한 것이다.

“허허허! 잘 가게.”

“아이들 부탁하네.”

“…흥! 두 번 다시 올 생각 마. 혹여라도 아이들에게 이상한 짓을 하면 그땐 율법으로 처벌할 테니 알아서 해!”

수백 년간 이루어진 성격이 하루아침에 고쳐지는 건 아닌 모양이다.

엘하임의 독설에 쓴웃음을 짓고 있을 때 가장 먼저 움직인 건 베네툭이었다.

“또 놀러올게. 간다. 파 드락한테 우리 집에 놀러오라고 그래, 푸헤…….”

웃음소리가 끝나기 전에 그는 게이트를 건넜다.

이어 세 종족으로 이루어진 다섯 명이 넘어갔다.

"베루, 잘 지내렴. 아우스 경, 베루 잘 부탁드려요."

하이엘프라 그런가 엘루하가 한마디 했다.

"그럼, 안녕히."

다시 한 번 인사를 하고 베루와 함께 게이트 너머로 발을 디뎠다.

* * *

아우스가 차원의 틈에 빠져 사방을 돌아다니며 절망하고 있을 때 탐스는 싸구려 술집에서 홀로 술을 들이켜며 절망하고 있었다.

"크으~ 젠장! 네놈들이 감히 나를 쫓아내."

그가 모시던 자크 남작 기사단에서 쫓겨났다. 그에 샤루틴 자작을 찾아가 억울함을 호소하려 했지만 문전박대당했다.

물론 그가 얌전히 있는데 쫓겨난 것은 아니었다.

이름뿐이라곤 하지만 귀족가의 여식을 희롱했고 그 여자의 집에서 황실에 정식으로 고발을 한 것이다.

예전이었다면 문제가 없었을 것이다.

그러나 안 그래도 동생인 베르딘 남작의 성장에 점점 힘을 잃어가던 샤루틴 자작으로 자크 남작에게 명해 그를 기사단에서 파문하는 것뿐만 아니라 준귀족의 작위까지 박탈해 버렸다.

졸지에 거리로 나앉게 된 탐스에게 남는 건 아무것도 없었다.

수탈해서 번 돈이 제법 있었지만 남작 한번 해보겠다고 샤루틴 자작에게 조금씩 갖다 바친 탓에 싸구려 술집에서 마실 돈밖에 없었다.

5서클이니 어디 가서 먹고살 돈 벌지 못하겠느냐마는 나이는 오십에 가까웠고 평생 귀족이라고 거들먹거리며 산 그에겐 눈에 들어오지도 않았다.

결국 하루하루 술 마시며 욕을 하는 것밖에 할 일이 없었다.

꿀꺽, 꿀꺽.

"빌어먹을 새끼들! 후회하게 만들어준다. 반드시! 뭐야? 비었잖아? 이봐, 여기 술 한 병 더 가지고 와!"

한데 가게 주인은 못 들은 척했다.

자신을 무시한다는 느낌이 들자 탐스의 얼굴이 사납게 일그러졌다.

"내가 누군지 알아? 내가 바로 뮬터 공작가의 탐스야! 탐스!"

고래고래 고함을 지르자 주인은 결국 인상을 쓰며 같이 소리를 높였다.

"더 마시고 싶으면 돈이나 내놓고 먹으슈! 허구한 날 와서 영업 방해 하는 것도 이제 지겹소. 내 당장에 경비대에 신고를 할 거요!"

"이! 이……."

예전의 탐스라면 당장에 귀족 모욕죄로 저 평민 녀석을 때려죽였을 것이다. 하지만 지금은 그랬다간 범죄자가 되어 사형을 당하게 될 것이 분명했다.

화는 나는데 이성이 그를 막았다.

그러다 보니 안절부절못하는 모양새처럼 보였다. 그에 가게 주인은 기세등등해져 한마디 더 했다.

"나라고 땅 파서 장사하는 줄 아슈? 댁에게 더 이상 줄 술은 없으니 당장 그만 나가슈. 돈을 떼인 걸로 치겠소!"

그때 뮬터 공작가 기사단의 경장을 입은 이가 문을 열고 들어왔다.

그 기사는 들어오자마자 돈이 든 주머니를 가게 주인에게 던졌다.

"적당한 술과 안주, 남는 건 저기 있는 탐스 경의 빚과 앞으로 먹을 술값을 미리 내는 것으로 하지."

"…네? 네네!"

주머니 속 금화를 확인한 주인은 안주와 술을 가지러 얼른 부엌으로 들어갔다.

기사는 성큼성큼 걸어가 탐스의 맞은편에 앉았다.

"계속 서 계실 겁니까?"

기사의 말에 탐스의 왼쪽 눈 끝이 실룩댔다.

"…놀리러 온 건가, 베어 경? 아니, 이제 남작이라 불러야 하나?"

탐스가 마나 광산에서 만났던 베어는 얼마 전 마스터의 경지에 오르면서 그가 그토록 바라던 남작 위를 수여받았다.

"우리 사이에 무슨 그런 예의까지. 순찰을 돌다가 탐스 경의 목소리가 들려 같이 술 한잔할까 해서 들어왔는데… 싫다면 일어설까요?"

베어는 일어선다 말하면서도 일어설 생각이 없어 보였다. 그리고 때마침 술과 안주가 나왔다.

"쳇!"

탐스는 술을 보고 자리에 앉았다.

두 사람은 대화가 없었다.

탐스는 병째 마셨고 베어는 조용히 한 잔씩 따르며 마셨다.

병은 쌓여갔다. 떠들던 손님들도 하나둘 나가고 둘만 남았다. 주인마저 꾸벅꾸벅 졸고 있다.

그제야 베어가 조용히 입을 열었다.

"탐스 경은 베르딘 남작님을 어떻게 생각하십니까?"

"……."

입으로 가져가던 술병이 멈췄다. 그것도 잠시 탐스는 술을 들이켰다. 그리고 술병이 비자 내려놓고 입을 열었다.

"무슨 말을 하고 싶은 거지?"

"샤루틴 자작님의 편이셨으니 미워하지 않느냐는 말입니다."

"…흥! 미워했지. 적대적인 관계였으니까."

"과거형이군요?"

"당연히! 샤루틴 그 빌어먹을 작자의 적이지 내 적이 아니잖아."

탐스는 화가 난 듯 으르렁거렸다. 그러나 베어의 눈에 힘없는 개가 무서워서 멍멍 짖는 것처럼 느껴질 뿐이었다.

"그럼 지금의 적은 누굽니까?"

"지금의 적? …큭, 크크크! 지금의 적은 당연히 자크 그 오크 똥만도 못한 놈과 샤루틴 그놈이지! 내가 악몽의 숲에서 얼마나 고생했는지 알아?"

"고생했다는 얘긴 얼핏 들었습니다."

쾅!

탐스는 탁자를 내려쳤다. 주인이 화들짝 놀라며 깼지만 곧 인상을 찌푸리며 눈을 감았다.

"하루가 멀다 하고 죽을 뻔했어. 그런 와중에도 샤루틴의 목숨을 구하기 위해 애썼다고! 근데 그런 나를 그까짓 일로 내쫓아? 개새끼들!"

"자작의 처사가 심했다는 건 공작가의 대부분이 알고 있는 일입니다."

탐스는 계속해서 불만을 토해냈고 베어는 그때마다 적당히 맞장구를 쳤다.

시간이 흐르자 속 안에 있던 걸 어느 정도 토해냈는지 이성을 찾은 탐스의 목소리가 낮아졌다.

"내 꼴을 보고 놀리고 싶어 온 건가?"

"천만에요. 비록 작위를 잃고 기사단에서 쫓겨났다고 하지만 공작령에서 탐스 경의 영향력까지 사라졌다곤 생각하지 않습니다."

물론 틀린 말은 아니었다.

성격은 오우거 못지않게 지랄 같지만 일단 자신이 부릴 수 있겠다 싶은 사람에겐 꽤 호탕했던 그였다.

부릴 돈이 조금 필요하겠지만 말이다.

"크크! 영향력은 무슨."

부정을 하면서도 한편으론 베어의 말에 기분이 조금 좋아졌다.

베어는 탐스의 표정에서 그의 기분을 짐작했다. 그리고 본론을 꺼냈다.

"당신의 그 영향력을 필요로 합니다."

"…누가?"

"짐작은 하시지 않습니까."

"크크크! 또다시 이용해 먹겠다는 소리처럼 들리는데, 아닌가?"

"어떻게 보느냐에 따라 다르죠. 탐스 경의 말대로라면 저도 이용을 당하고 있는 겁니다. 단! 이용당하는 대가가 확실하냐 아니냐가 중요한 거죠."

"받는 만큼 일을 하라는 건가?"

"윗사람 입장에선 일하는 만큼 주는 것이죠. 탐스 경께서 그토록 원하던 남작 위를 원하시면 그만한 일을 해주시면 됩니다."

탐스는 베어가 무슨 말을 하는지 이해하지 못할 만큼 어리석지 않았다.

"어떻게 믿지?"

"일이 끝나면 빈자리가 많이 남을 텐데. 뭐가 걱정입니까? 그리고 공작님께선 형제간에 피를 묻히는 걸 원치 않습니다. 이 정도 약점이면 충분하지 않습니까?"

약속을 지키지 않으면 공작에게 사실을 밝히라는 얘기였다.

베어는 자신이 마시던 병을 탐스에게 밀었다.

탐스는 술을 마시며 장고에 빠졌다. 그리고 다시 술을 다 비운 후 입을 열었다.

"돈이 필요하다."

베어는 허락할 거라 믿었다는 듯 금화가 가득한 돈주머니를 건넸다.

"필요한 만큼 드리죠. 혹 마음이 바뀐다면 돈주머니는 알아서 챙기고 오늘 일은 못들은 걸로 하십시오. 현명한 판단하리라 믿습니다."

베어는 그 말을 끝으로 술집을 나갔고 탐스는 그가 떠나고 한참 후에야 일어났다.

자크 남작의 저택.

파티가 있어 한참 시끌벅적해야 할 저택이 쥐죽은 듯 고요했다.

자세히 보니 저택을 지키고 있던 병사와 마부들이 어둠 속에 쓰러져 있었다.

죽음의 사신이 다녀간 것일까, 살아 있는 사람이 보이지 않았다.

그때 닫혀 있던 저택 문을 열고 나오는 이가 있었다.

요리사 복장을 한 그는 주변을 둘러보다가 빠르게 출입구를 향해 뛰어갔다. 하얀색 요리복엔 누구의 것인지 모를 피가 잔뜩 묻어 있었다.

그는 출입구를 벗어나 사람이 한적한 골목에 들어가고 나서야 걸음을 멈췄다. 구름 사이를 빠져나온 달빛이 요리사의 얼굴 비췄다. 탐스였다.

"헉헉! 크… 크하하하하하!"

숨을 고르던 탐스는 미친 듯이 웃었다.

자크 남작의 파티에 잠입해 음식에 독약을 뿌려 모두 죽인 것이다.

같이 일을 도모했던 이들까지 손수 처리했으니 비밀이 새어나갈 이유도 없었다.

"몬스터보다 못한 새끼들! 내가 조심하라고 그랬지, 크하하하!"

독약을 먹고 컥컥거리며 살려달라고 말하는 자크와 샤루틴의 목을 베었을 때를 생각하자 다시 웃음이 터져 나왔다.

"하아~ 하아~ 이제 움직여야지."

아직 할 일이 있었다.

베르딘 남작 측에서 약속을 지키지 않을 때를 대비해 방비를 마련해 두긴 했지만 성공한 이상 더 확실하게 해둬야 했다.

입고 있던 요리복을 찢어발긴 그가 여유롭게 걸음을 옮기려 할 때였다.

푹!

등에서부터 배까지 무언가 관통했다.

'검?!'

검 면에 새겨진 문양, 그가 익히 알고 있던 검이었다. 마법의 시대 이전에 공작가의 검이라 할 수 있는 이들이 찼던 그 검.

그리고 지금은 이 검의 주인은…….

"…베, 베어, 네 이… 컥!"

욕을 하기도 전에 뒤틀리는 검. 내부의 장기 역시 뒤틀리며 생명력이 급속도로 빠져나갔다.

"탐스 경, 아무리 불만이 있다고 모시던 주인들을 독살하면 어쩌자는 겁니까."

"…너, 너……."

이를 악물고 싶은데 그마저도 불가능했다. 서서히 무너지는 그를 향해 베어가 속삭였다.

"제가 전에 광산에서 말했었죠. 시대를 잘 파악하라고. 결국 제 말을 듣지 않았군요."

"……."

"소원이 남작이 되는 거라 했던가요? 소원은 들어드리죠, 탐스 남작님."

베어의 말이 끝나자 탐스의 목이 날아올랐다.

*　　*　　*

수도 발칸엔 그 크기만큼 수많은 레스토랑이 있다.

그중 가장 비싼 곳을 뽑으라면 단연 '루이 레스토랑'.

웬만한 부자가 아니고서는 출입하기 힘들 정도로 비싼 음식값에도 불구하고 언제나 붐비는 곳이었다.

귀족의 사교장으로도 주로 쓰여 권력을 빌붙기 위한 이들이 웃돈을 주고서라도 들어가려 하다 보니 배짱 영업에도 언제나 만석이다.

총 7층인 레스토랑은 층이 올라갈수록 화려해졌는데 그에 비례해 가격 또한 비쌌다.

1층의 찻값과 6층의 찻값은 정확히 6배 차이가 났다.

가장 화려한 7층.

각 나라에서 가장 좋다는 것으로 치장된 이곳은 아무리 많은 돈을 줘도 올라올 수 없는 곳이었다. 심지어 고위 귀족도 마찬가지다.

맨 처음 레스토랑을 연 준귀족 베라 루이는 건물을 짓자마자 황제에게 레스토랑의 7층을 바쳤다.

베라의 아들인 루이 2세를 거쳐, 루이 3세가 레스토랑의 주인이 될 때까지 최고급 레스토랑이 될 수 있던 비결이기도 했다.

비어 있는 날이 더 많은 곳. 그러나 오늘은 사람이 있었다.

황태자 그랜트는 수도 발칸의 야경을 보며 술을 마시고 있었다.

술 이름은 비알리케.

북쪽의 얼음 왕국 비알에서 만든 술로 독하기로는 세상에서 둘째가라면 서러울 정도지만 얼음을 넣어 마시면 향과 맛이 기가 막힌 명주였다.

"너무 평화로워."

그랜트의 말투는 따분함이 잔뜩 묻어 있었다. 그때 뒤에서 말소리가 들렸다.

"황제 폐하의 치세가 그만큼 훌륭하다는 뜻 아니겠습니까, 하하하!"

성큼성큼 다가오는 이는 베르딘 남작, 아니, 이제 베르딘 폰 공작이었다.

탐스가 샤루틴을 죽이고 얼마 되지 않아 병환 중이던 피에르 폰 뮬터 공작이 죽었다. 그리고 베르딘이 공작 위를 물려받았다.

"왔나? 뮬터 공작."

"공작이라… 어색하군요. 그냥 예전처럼 베르딘이라고 불러주십시오, 황태자 전하."

베르딘은 황태자라 부르면서도 마치 친구를 대하는 것처럼 히죽히죽 웃고 있었다.

"신하 놀이는 그만하고 앉아."

"그럴까?"

그랜트와 베르딘은 아카데미 동기로 그때부터 지금까지 친구로 지내고 있었다.

황제파의 수장의 아들과 귀족파의 수장의 아들.

두 사람은 각자의 꿈이 있었다.

그랜트의 경우 황제의 힘이 온전한 '제국'이었고, 베르딘의 경우 자신만의 '왕국'이었다.

오랫동안 준비했고 이제 실행을 할 때가 되었다.

"귀족파들은?"

"핵심은 이미 포섭해 뒀어. 샤루틴이 악몽의 숲에서 죽었으면 진즉에 시작했을 텐데 미안하게 됐다."

"운이 없었던 거지. 미헬라와 그 일행들이 일을 그렇게 잘할 거라 누가 생각했겠어?"

"이해해 줘서 고맙군. 근데 미헬라는 어떻게 됐나?"

결혼 여부에 대해 묻는 것이리라.

그랜트는 고개를 저었다.

왠지 모르게 껄끄러운 미헬라를 베르딘과 결혼을 시켜 황궁에서 내보내려 했다.

한데 그게 쉽지 않았다.

예상하지 못했던 황궁 각부 각처의 황제파 귀족들이 반대를 하고 나선 것이다.

귀족파와의 화합을 위한 황실의 의지라고 말했지만 황제의 명이 있기 전까진 불가하다는 말을 고집했고, 미헬라 역시 반대했다.

황실의 2인자, 황제의 대리인 권한은 거기까지였다.

"미안해하지 않아도 돼. 내가 왕이 되면 왕비로 맞이하면 되니까."

"미헬라가 그리 좋아? 첩도 두지 않았잖아?"

"그러는 너도 황태자비뿐이잖아."

"무슨 소리. 난 그래도 간혹 파티에서 레이디들과 사랑을 나누거든."

"하하하! 그렇게 따지면 나도 만만치 않아."

두 사람은 술을 마시며 객쩍은 대화를 이었다.

술이 어느 정도 들어가자 오늘 만난 진짜 이유에 대해 말을 시작했다.

"언제쯤 시작할 건가? 베르딘."

"한 달 뒤."

"위로 갈 건가, 아래로 갈 건가?"

위는 플린 왕국을, 아래는 초원 지대인 칸켈족의 영역을 뜻했다.

칸켈족의 영역의 경우 쉽게 땅을 넓힐 수는 있다. 그러나 단점은 초원과 고원 지대가 많고 뮤트 제국과 발칸 제국을 접하고 있어 발전 가능성이 부족했다.

반대로 플린 왕국을 정복하면 뻗어갈 곳이 많고 수많은 왕국민을 덤으로 얻을 수 있었다.

"당연히 위."

"명분은 계획대로?"

"응. 플린 왕국에서 알아서 명분을 줄 거야."

베르딘은 확신을 하고 있었다.

"에스란 왕국에 대한 것은?"

"점령 시 도우 마탑의 일부를 주기로 하고 도움을 받기로 했어."

"흑탑 놈들이 가만히 있겠어?"

그랜트와 베르딘은 흑탑과 손을 잡았고 플린 왕국을 차지하면 도우 마탑을 그들에게 주기로 약속을 했었다.

"크크크! 에스란이 국경만 두들길 거라고 생각하나?"

"아니."

그가 에스란에게 원한 건 국경의 군대가 움직이지 못하게 하는 일이었다.

그러나 에스란이 보고만 있을 리가 없다. 아니, 플린을 먹기 위해 넘어올 것이 분명했다.

"둘 다 먹으려 하다간 뮤트 제국이 가만히 있지 않을 텐데."

"걱정 마. 에스란 강을 기점으로 나눠 버리면 돼."

에스란은 풍부한 수자원인 에스란 강을 중심으로 동서로 나누어져 있었다.

본래 발칸 제국보다 더욱 넓은 영토를 지녔던 에스란 제국은 황자의 난을 기점으로 생겨난 내전으로 인해 무너졌다.

동남쪽은 뮤트 제국의 초대 황제인 뮤트에게 빼앗겼고 서쪽의 자그마한 소국이었던 플린에게 빼앗겼다.

전쟁이 끝나고 지금까지 왕국으로서 명맥을 유지하고 있었지만 부유한 서에스란과 가난한 동에스란이라고 불릴 정도로 빈부의 격차가 심해 나라 사정이 좋은 편은 아니었다.

"뮤트 제국과도 얘기가 된 건가?"

"아직. 미리부터 설치면 남 좋은 일만 시킬 가능성이 높잖아."

"그렇겠지. 아무튼 다음 달이라니 나도 슬슬 준비를 해야겠군. 한동안 이런 자리도 갖기 힘들 텐데 성공을 기원하며 건배할까?"

베르딘이 전쟁을 준비한다면 그랜트는 황제파이면서 황제의 말을 듣지 않는 자들을 정리하려 했다.

전쟁이 발생하면 모든 권력은 황제에게로 향하게 되는데 현

황제, 그랜트의 아버지는 부재중이었다.

'아버지 조금만 참으세요. 제가 제국을 온전히 황실의 것으로 만들겠습니다.'

쨍!

"황실의 제국을 위하여!"

"나만의 제국을 위하여!"

두 사람은 잔을 부딪치며 건배했다. 그리고 시선을 다시 발칸의 야경으로 돌렸다.

비가 오려는지 발칸의 하늘은 검은 먹구름으로 가득했다.

*　　　*　　　*

발칸 산맥에서 뻗어 나온 바룰 산이라는 국경선이 없었다면 몇 번이고 전쟁이 일어났을 거라고 학자들이 말할 정도로 발칸 제국과 플린 왕국은 사이가 좋지 않았다.

갈등의 원인은 의외로 사소했다.

바룰 산에서 흘러내린 영양이 풍부한 흙으로 인해 형성된 어장을 양국의 어부들이 서로 갖겠다고 싸우다가 지금에 이르게 된 것이다.

많게는 일주일에 한 번, 적게는 한 달에 한 번 국경 지대 초소끼리의 충돌이 일어날 정도로 만성적인 분쟁 지역.

그곳은 오늘도 시끄러웠다.

순찰 도중 두 나라의 국경 순찰대가 만났고 그 즉시 맞붙었다.

쾅! 쿵!

으악!

“플린의 오크들을 모조리 베어버려라! 크하하하하!”

발칸 제국 국경 수비대의 정찰 부대 백부장인 틸러슨은 기분 좋게 웃으며 병사들을 독려했다.

만나면 마법이나 석궁을 퍼붓고 도망가기 바빴던 플린 왕국 순찰대가 오늘따라 적극적이라 유인책을 썼는데 작전이 맞아떨어지면서 큰 피해를 입힌 것이다.

50명 중 대략 30명은 더 잡은 것 같았다.

죽기 살기로 도망가는 플린 왕국의 병사들을 뒤쫓으며 다시 넷을 잡았다.

“모두 멈춰라! 더 이상 쫓지 마라.”

봉우리 정상에 도착한 틸러슨은 병사들이 봉우리를 넘지 못하도록 했다.

해가 지고 있어 금방 어두워진다는 것도 있고, 이제부턴 플린 왕국의 영역. 괜스레 몇 명 더 잡겠다고 들어갔다가 함정에 빠질 수도 있었다.

지금까지의 성과만 해도 포상을 받기에 충분한데 괜히 위험을 무릅쓸 이유는 없었다.

“하하하하! 패배해 도망가는 오크가 따로 없구나.”

시원하게 욕을 뱉어주는 것으로 마무리를 한 틸러슨은 전진 초소로 내려왔다.

상부에 보고를 하고 상관인 만부장에게 칭찬을 들은 그는 부하들에게 오랜만에 술을 풀었다.

"최곱니다! 백부장님."

"크하하핫! 많이들 먹어라. 대신 오늘 근무자들은 알아서들 적당히 먹고."

틸러슨도 기분 좋게 술을 마셨다.

한참 맛있게 먹고 있는데 귀가 밝고 감각이 뛰어난 전초병이 인상을 쓰며 말했다.

"어? 이게 무슨 울림이죠?"

"울림? 난 아무것도 안 느껴지는데."

옆에 있던 두 명의 동료도 느껴보려는 듯 주의를 기울였지만 곧 고개를 저었다.

"잘못 느꼈나? 음……."

전초병은 눈을 감았다. 주위에서 들리는 소리를 하나씩 지웠다. 그러자 아까보다 더 큰 느낌, 아니, 땅울림이 확실히 느껴졌다.

소리는 점점 커졌고 확신을 하게 됐다.

그는 얼른 틸러슨에게 말했다.

"…배, 백부장님, 적입니다!"

"뭔 소리야, 적이……!"

하나 틸러슨도 확실히 느낄 수 있었다.

말이 달릴 때 들리는 달가닥거리는 소리가 은은하게 들려왔다.

물론 말을 타고 바룰 산까지 올라왔을 리는 없다.

'큰 몸집 사슴! 플린 왕국 산악 유격대!'

발칸 산맥에 서식하는 큰 몸집 사슴을 조련해서 타고 다니는 부대가 있음을 그는 알고 있었다.

"모두 전투 준비! 지금 밖에 적이……."

쿠웅! 쾅!

붉은 화염구가 지붕을 뚫고 들어와 폭발했다.

틸러슨과 그 부하들은 비명도 지르기 전에 화염구의 폭발에 휩쓸렸다.

*　　　*　　　*

플린 왕국 변경백인 오리트 백작의 전격적인 침공에 발칸 제국 프랭크 백작의 영지가 함락당했다.

대륙은 경악했다.

오리트 백작이 미친 게 확실하다는 소문이 날 정도로 어이없는 일이 발생한 것이다.

플린 왕국 역시 어이가 없었지만 일단은 빠른 사과와 외교적 노력으로 해결을 보려고 했다. 그러나 그보다 발칸 제국이 반응이 더 빨랐다.

발칸은 전쟁을 선포하고 군사를 보내 곧바로 프랭크 백작의 영지를 되찾았고 여세를 몰아 바룰 산을 넘었다.

거대한 대륙 전쟁은 이렇게 시작됐다.

다만 사람들이 모르는 것이 있었다.

오리트 백작에게 죽었다는 프랭크 백작도, 분노한 발칸 제국의 군사에게 갈가리 찢겼다는 오리트 백작도, 오래전 흑탑에서 침투시켜 뒀던 세작이었음을.

각설하고 전쟁의 양상은 처음엔 그랜트와 베르딘이 계획했던 대로 진행되었다.

에스란이 플린의 신경을 분산시키는 동안 발칸 제국은 플린의 영지들을 하나둘씩 함락시켜 나갔다.

순식간에 플린이 발칸 제국에 넘어가지 않을까 걱정하던 에스란도 발칸을 공격했다.

하지만 전쟁을 하고 한 달이 되지 않아 두 가지 변수가 생겼다.

첫 번째는 발칸 제국의 남쪽에 위치한 칸켈족이 발칸 제국의 국경을 넘어 공격했다. 소수 유목 민족이라는 말과 달리 그들은 거대한 세력을 이루고 있었고 그 기세가 웬만한 왕국보다 거셌다.

두 번째 변수는 뮤트 제국의 참전이었다.

뮤트 제국이 에스란을 공격한 것이다.

에스란은 파죽지세로 밀고 들어오는 뮤트 제국을 막아야 했고, 플린과의 국경을 넘었던 군사들 중 일부를 서쪽으로 돌려야 했다.

전문가들은 길어야 1년 안에 전쟁이 끝날 것이라 전망했었다. 그러나 물고 물리며 전선이 여기저기로 늘어나자 두 달도 되지 않아 말을 바꿔야 했다.

전쟁은 언제 끝날지 모른다고.

*　　　*　　　*

요즘 재수가 참 없다.

차원의 틈에 빠지고, 베네툭을 만나고, 괴상한 몬스터들과 싸우고.

그냥 그 정도야 그러려니 했는데 샹카의 출구를 통해 나온 곳 역시 평범하지 않았다.

아득히 하늘이 보일 정도로 깊은 틈.

그냥 절벽을 타고 올라가거나 플라이트로 날아가면 되니까 깊은 거야 상관없다.

근데 틈에서 10미터쯤 올라가면 마나 폭풍이 불고 있어 마법을 제대로 쓸 수가 없고 몸을 가누기 힘들었다.

한마디로 틈에 갇혀 버렸다.

"후우우~ 아무래도 신전에 가서 축복이라도 한번 받든지

해야겠다."

"응?"

"아무것도 아냐. 출구나 찾아보자."

내가 한숨을 쉬자 베루가 반응을 했다. 그러나 곧 다시 출구 찾기에 열중했다.

우린 혹시나 빠져나갈 구멍이 있나 싶어 엄청나게 넓은 틈을 꼼꼼히 살피고 있었다.

벌써 나흘째.

대륙으로 넘어오자마자 텔레포트를 이용해 플린 왕국으로 넘어갈 계획이라 따로 먹을 걸 챙기지 않았다.

다행히 샹카의 독특한 과일과 술, 음식을 조금 챙긴 것이 있어 그것으로 버티는 중이었다.

이제 그마저도 사흘 치밖에 남지 않았다.

"다른 사람들은 혹시 빠져나갈 곳이 있는지 계속 찾아주세요. 전 위로 올라가 봐야겠어요."

닷새 째 아침, 아침을 먹으며 사람들에게 말했다.

클라이밍을 시도해 볼 생각이었다.

반대하는 사람들은 없었다.

"푸헤헤헤! 나도 해볼까? 재미있을 것 같아, 재미."

"그러시던가요. 대신 조심하세요. 떨어지면 마법이고 뭐고 바로 터진 감처럼 될 겁니다."

"…아냐, 아냐. 네가 실패하면 해볼게. 난 고향에 돌아갈 거야. 응! 꼭 그래야 해."

얼른 말을 바꾸는 베네툭.

섬에서 빠져나왔다고 겁쟁이가 된 모양이다. 물론 그의 마음을 이해했다. 1년도 안 된 나도 대륙이 그리웠는데 그는 오죽하랴.

"혹시 올라가게 되면 줄을 구해서 내릴 겁니다. 그럼 한 명씩 붙잡고 신호를 주세요. 위에서 당길게요."

"근데 통로를 발견하면 어떻게 해?"

인간 세상에 같이 나온 파머, 파 칼딕이 물었다.

"그럼, 이 위치에 불을 크게 피워주세요."

"그러죠."

"자자! 한시가 급하니 움직입시다."

올라가는 데 얼마나 걸릴지 몰랐다. 아침을 선택한 이유도 이 때문이었다.

"…조심해."

막 움직이려 할 때 베루가 걱정스레 말했다.

"걱정 마. 어떻게 하든 올라갈 테니까."

말이 끝남과 동시에 도움닫기를 해 2미터 위쪽의 튀어나온 부분을 잡고 벽에 매달렸다.

10미터까지 '성큼성큼'이라고 표현할 만큼 빠르게 올라갔다.

'이제부터 조심해야 해.'

클라이밍을 시도하지 않은 것은 아니었다.

첫날과 이틀째에 다들 기어 올라가려고 노력했었다. 그러나 마나 폭풍을 뚫고 올라가는 건 쉽지 않았다.

하단전 마나라도 쓸 수 있었다면 어렵지 않았을 텐데 그마저도 쓸 수가 없었다.

'마나는 체력만 보충해 줄 뿐이야. 신중하되 과감하게 나아간다.'

지금부터는 조금만 잘못해도 바로 아래로 처박히게 된다.

그러다 보니 자연 손발에 힘을 과하게 주게 되고 체력은 체력대로, 동작은 동작대로 굳었다.

돌부리를 보고 손을 뻗어 마나 폭풍 안으로 들어갔다.

상하좌우 제멋대로 부는 바람이 몸을 벽에서 밀어내려 한다.

'바람을 거슬러선 안 돼.'

이틀간의 도전은 바람을 적으로 생각하고 맞서면 안 된다는 걸 가르쳐 주었다.

좌측으로 불 때 좌측으로, 우측으로 불 때 우측으로 움직이는 것이 좋았다.

자칫 실수라도 하면 금방 떨어져 버릴지 모른다는 생각이 들긴 했지만 애써 떨쳐냈다. 그리고 손발을 부지런히 움직였다.

'얼마나 됐지?'

슬슬 손발이 후들거렸다. 제법 큰 돌부리를 잡고 다리의 근육을 이완시키며 위를 쳐다보았다.

여전히 끔찍이도 멀다.

아래를 보자 비로소 제법 올라왔다는 기분이 들었다. 물론, 이제부터 내려가는 것도 불가능했다.

절벽에 약간의 틈이 보였다.

한 가지 다행인 점은 마나 폭풍 속에서도 아공간 가방에서 물건을 꺼낼 수 있다는 것이다.

검 한 자루를 꺼내 좁은 틈에 박아 넣었다. 그리고 조금 더 올라가 검면을 밟고 섰다.

제대로 박혔는지 한 손을 떼고 있어도 온몸을 이완시킬 수 있는 여유를 찾을 수 있었다.

'자! 다시 시작해 볼까.'

애플 체리를 입에 물고 다시 움직였다.

"후욱! 훅! 후욱! 훅!"

숨을 의식하면서 내뱉어야 할 만큼 힘이 떨어졌다. 땀이 나자마자 바람에 식어버렸는데 이젠 흐르는 땀에 온몸이 축축하게 젖어 있었다.

대략 절반쯤 올라왔는데 몸 상태는 이미 막장이다.

내려가는 것이 더 힘드니 목표는 오로지 올라가는 것뿐, 멈추지 않았다.

체력이 떨어져서일까, 온 신경이 날카롭게 섰다.

눈은 잡고 밟을 수 있는 돌부리를 찾았고, 팔다리는 본능에 가깝게 그것들 중 안전한 것을 잡고 밟았다.

그리고 피부로 느껴지는 바람.

'이젠 알겠어!'

척! 척! 척!

올라가는 속도가 빨라졌다.

맨 처음 마나 폭풍이 없는 곳을 올라갈 때보다 더 빠른 속도.

바람이 좌로 불 땐 좌측의 돌부리를, 우측으로 불 땐 우측의 돌부리를, 아래로 불 땐 몸을 움츠리고, 위로 불 땐 과감하게 몸을 뻗었다.

순간순간 불어오는 바람을 예상이라도 하듯이 느끼니 바람은 방해물이 아니라 클라이밍을 돕는 조력자가 되었다.

더 이상 땀이 나지 않았다. 쉴 새 없이 움직이고 있지만 체력이 조금씩 돌아오고 있었다.

그만큼 편하게 올라가고 있다는 뜻이었다.

해가 지고 있는지 노랗게 변하 하늘이 점점 커졌다. 그리고 마침내 정상에 올랐다.

"하아~ 성공했다."

올라오자마자 벌렁 누웠다. 꿈쩍도 안 하던 마나가 틈에서 벗어나자마자 움직이며 몸의 나른함을 치유했다.

한동안 누워 있고 싶은 마음은 간절했으나 밑에서 기다리고 있는 이들이 있었다.

벌떡 일어나 주위를 둘러봤다. 왠지 모르게 낯이 익은 장소였다.

"어라, 여긴? 트론벤 산!"

산의 일부가 숟가락으로 뜬 것처럼 파여 있는 곳.

과거의 기억이 주룩 스쳐 지나갔다.

"헐, 그때 오우거가 떨어졌던 곳이었다니."

세상 참 재미있다.

추억을 돌이켜 보는 것도 잠시, 긴 줄을 만들기 위해 숲으로 움직였다.

절벽의 높이가 얼마나 될지 몰라 주변의 나무의 줄기란 줄기는 죄다 벗겨내고 넝쿨도 구해서 긴 줄을 만들었다.

툭툭!

떠오른 달마저 중천에 떠 있는 시간, 늘어뜨려 놓은 줄로 당기는 힘이 느껴졌다. 줄이 바닥에 닿았다는 신호이리라.

나 역시 알았다는 듯 몇 번 당겼다.

길이만큼 많은 힘이 필요했지만 마나가 움직이는 이상 힘은 넘쳤다.

잠시 후, 약간의 무게감이 더해지면서 '당겨라'라는 신호가 손에 전해졌다.

줄을 만들며 튼튼함을 확인했다. 그러나 돌발적인 상황이 있을 수 있었기에 줄이 절벽에 닿지 않게 올리는 것이 중요했다.

우물에서 바가지를 들어 올리듯 줄을 당겼다.

뒤쪽으로 산더미처럼 줄이 쌓이자 한 명이 올라왔다.

"감사합니다."

남자 엘프였다.

줄이 튼튼한지 확인차 가장 먼저 지원했다고 했다.

줄이 내려가고 다시 끌어 올렸다.

이번엔 두 명의 파머.

연이어 베루, 여자 드워프, 베네툭, 남자 드워프가 올라오면서 지독한 노가다가 끝이 났다.

"푸헤헤헤! 고생했다, 고생했어. 마나가 이제야 움직이네. 어떻게 할 거냐? 지금 움직일 거냐?"

"헥헥! 10분만 숨 좀 돌리고요."

한 명당 최소 1,500번은 당긴 것 같다. 아무리 내 몸이 튼튼하다지만 지칠 수밖에 없었다.

"어차피 여기서 헤어질 건데 베네툭 님은 먼저 가셔도 됩니다."

"넌 어디로 가려고? 뮤트에 안 가? 내가 자작 줄게. 같이 가자, 응?"

"그냥 플린으로 가렵니다."

"녀석하곤. 알았다. 마음 바뀌면 언제든 와라. 내가 자작시켜줄 테니까, 푸헤헤헤! 아! 근데 나랑 같이 갈 사람은 누구야? 이리 와. 내 옆으로 와."

각 한 명씩의 이종족이 그에게 붙었다.

"그럼, 간다!"

"가세요."

"아우스, …고맙다, 푸헤헤헤헤!"

베네툭은 고맙다는 말과 긴 웃음소리를 남기고 사라졌다.

약간의 섭섭함이 있었지만 전체적으로는 그의 웃음을 듣지 않게 되어 속이 시원했다.

'그나저나 수도로 가야 되나? 아님 프링크가로 가야 하나? 지금쯤이면 트리즌 영지로 옮겼을 것 같은데.'

혼자라면 에리안이 있는지 수도에 먼저 들렀을 것이다. 그러나 이종족 세 사람을 일단 할아버지 댁에 데려다 놓아야 할 것 같았다.

결정은 후자.

"자, 우리도 가볼까요."

세 사람이 다가왔다.

텔레포트를 발현했고 우린 빛과 룬어로 둘러싸였다.

세 사람과 함께 움직여야 했기에 단숨에 예전 프링크가로 이동은 불가능했다. 그래서 일단 플린의 남쪽 지대로 이동할 생각이었다.

"어라? 이동이 안 되네?"

빛이 터져 나가면서 이동이 되어야 하는데 애꿎은 마나만 날렸다.

텔레포트가 되지 않는 경우는 금지 마법이 걸려 있거나, 생각한 위치에 방해물이 있다는 얘기였다.

이상했다. 내가 생각한 장소는 금지 마법이 걸려 있는 성과는 거리가 조금 떨어진 평야 지대였다.

'건물이라도 세워진 건가?'

조금 더 뒤쪽을 머릿속으로 그리며 다시 텔레포트를 실행했다.

또다시 실패.

"…컨디션이 안 좋으면 더 쉬었다가 가도 돼."

베루가 민망함을 덜어주려는지 한마디 했다.

"아니. 장소를 바꾸면 돼."

평야 옆에 있는 산의 정상으로 위치를 바꿨다.

스팟!

성공이다!

기쁨도 잠시 빛이 사라지자 평야 지대로 왜 이동이 불가능했는지를 알 수 있었다.

와아아아아! 쿵! 쾅! 두둥!

외성을 사이에 두고 오가는 마법들이 밤하늘을 밝히고 있었고 병사들은 두려움을 이기려는 듯 함성을 지르며 마법을 뚫고 성을 향해 뛰어가고 있었다.

"…전쟁 중인 거야?"

베루는 인상을 있는 대로 찌푸리며 공성전이 한창인 성을 보며 중얼거렸다.

"아마도… 내가 없는 사이 전쟁이 일어났나 봐."

공격을 하는 쪽은 병사들의 복장으로 볼 때 발칸 제국이 확실했다.

그나저나 인간 세상에서의 첫인상이 전쟁이라니.

"어느 쪽이 플린이야?"

"성."

"조금 불안해 보이는데 안 도와줘도 돼?"

"성은 기본적으로 대마법 방어진이 그려져 있어서 방어하는 쪽이 유리해. 쉽게 뚫리지 않을 거야."

"그래도 죽어가고 있잖아."

성벽 위의 병사들이 죽어가는 게 보였다.

아마 내 고향이 플린 왕국이라 생각하는 모양이다.

엄밀하게 고향을 따지자면 발칸이다.

10번의 삶 중, 공장 노예였을 때가 플린 왕국 출신이었을 뿐이다.

엔트 할아버지나 에리안이 위험하지 않는 이상 내가 싸워야 할 이유가 없었다.

'한 방 날려줄 수는 있지만 발칸에 아는 사람이 저 속에 있을 수도 있으니까.'

"현재로서는 내가 상관할 바가 아냐."

"고향이 아닌가 보구나?"

"응."

"그럼 우리도 상관할 바가 아니지."

"왜? 내가 나서면 도와주려고?"

"당연히. 친구의 적은 적이니까."

꽤 감동적인 얘기였다. 물론 감동받진 않았다.

아우스의 몸을 차지하면서 오지랖이 넓어지고 쓸데없는 일에 끌려다닌 감도 없잖아 있지만 원래 성격상 남에게 간섭받는 것도 싫어하고 간섭하는 것도 싫어했다.

"미안하지만 내가 싸우더라도 너희들에게 도움받을 생각은 없어."

"우리가 약해서?"

"아니. 난 친구가 다치길 원하지 않거든."

그저 내 일은 내가 하고 싶다는 뜻에서 한 말인데 감동을 받은 건지 베루의 표정이 밝아졌다.

"아무튼 이 문제는 상황을 파악한 후에 내가 결정하기로 할 테니까 이동하자."

"지금 이동하는 곳도 전쟁 중이면?"

"그땐 싸우게 될지도. 단, 너희들은 손님이니까 나설 필요 없고."

내가 감당할 수 없는 일이라면 이들이 도와준다고 해도 감당할 수 없다.

얘기를 하는 동안 발칸 쪽에서 후퇴를 명했는지 병사들이 뒤로 물러나는 것이 보였다.

담담하게 말했지만 평야와 성 주변에 쓰러져 누워 있는 주검들을 보는 기분은 좋지 않았다.

47장
전쟁 상인이 되어볼까

스팟!

빛이 사라지자 군의 행정관을 맡고 있는 시엔이 앞에 서 있었다.

"무사하셔서 다행입니다. 방어전은……?"

시엔은 투구를 받으며 말했다.

"무사히 막았어요."

에리안의 대답엔 힘이 없었다.

하루 종일 검을 휘둘렀다는 데에서 오는 피곤함이 아닌 수많은 생명을 베었다는 무게감이 그녀를 기운 빠지게 만들었다.

당장 샤워를 하러 가고 싶었지만 그보다 먼저 확인할 것이 있었다.

"영지는요?"

"아무 일 없었습니다. 자작님께서 순찰을 하고 계십니다."

"발칸 제국에서 배를 준비하고 있다는 첩보가 들어왔다니 해안가 방어에 좀 더 신경을 쓰세요."

"알겠습니다."

에리안은 지시할 것과 알아야 할 것을 모든 물은 후 약간 떨리는 목소리로 말했다.

"…아우스는요?"

"여전히… 식사는 준비해 뒀습니다. 귀빈실의 손님께서 저녁을 같이하자는데 어쩌시겠습니까?"

"같이하죠. 씻고 내려올게요."

방으로 간 그녀는 샤워를 하고 경갑을 입었다.

전쟁이 발생한 후 두 곳의 전선에서 언제 도움의 신호를 보낼지 알 수 없었다. 그래서 잘 때도 경갑 차림인 채로 자야 했다.

식당으로 내려가자 현재 귀빈실에서 머물고 있는 손님이 일어나 그녀를 맞이했다.

'아름다운 여자… 미워할 수 없는 여자…….'

손님은 여자였다. 자신에 비해 너무나 여성스럽고 아름다운.

6개월 가까이 저택에서 머물고 있는 손님은 여자의 미소가 어때야 하는지를 알려주는 듯한 부드러운 얼굴로 말했다.

"지원을 나갔다는데 잘됐어?"

"네, 젠느 언니."

"다친 곳은 없고?"

"괜찮아요."

아우스가 발칸 산맥으로 갔다가 차원의 틈에 빠졌다는 소식을 듣기 직전에 찾아온 여인.

제레미느 드 할트. 여자 손님의 풀 네임.

아우스에게 꼭 전해야 할 말이 있다고 찾아온 그녀를 본 순간 에리안은 그녀의 마음을 바로 알았다.

젠느 역시 알 것이다. 만나는 순간 똑같은 표정을 지었을 테니까.

두 여자는 간단한 안부를 묻고 마주 앉았다.

식탁은 금방 여러 가지 음식으로 가득 찼다.

'보내려 했으면 진즉에 보냈어야 했어.'

에리안이 후회하는 것이 하나 있다면 아우스를 볼 때까지 머물 수 있게 해달라는 젠느의 부탁을 거절하지 못했다는 것이다.

그녀가 머묾으로써 얻은 이익도 있었다.

전쟁이 일어나자마자 뮤트 제국의 개입을 가장 빨리 주도한 것이 젠느였다.

어찌 그녀의 말에 제국이 움직였겠냐마는, 그녀의 가문을 생각하면 약간의 영향은 미쳤다 할 수 있었다.

'성격이라도 나빴으면 좋으련만.'

에리안도 여자였다.

머물게는 했지만 애써 무시하려고 노력했다.

마침이라고 하기엔 그렇지만 전쟁 중이니 얘기하자고 해도 지원 나가야 한다면서 피했다.

피하면서도 은근히 집안 하인들에게 젠느의 동태에 대해 들었다. 한데 모두에게 친절하고 유머러스하며 자신을 불편해할까 웬만해선 방을 벗어나지 않는다는 말에 결국 유치한 장난은 그만둬야 했다.

에리안이 생각해도 남자들이 좋아할 만한 여성이었다.

미워해 봐야 스스로에 대한 환멸만 느껴지기에 결국 가슴은 아프지만 인정할 수밖에 없었다.

그렇게 인정하고 지내다 보니 어느새 언니 동생하면서 지내고 있었다.

"언니는 뭐 하고 계셨어요?"

"차원의 틈에 대해 알아봤어. 황실 주도하에 예전에 그곳에 대한 연구를 했다는 기록을 발견했다는 연락을 받았거든."

"그래요? 뭐래요?"

"약 20년 전 베네툭 백작님께서 이끌던 1차 조사 팀부터 3차 조사 팀까지 모두… 행방불명."

"그럼……?"

"다른 세상과 연결된 곳인지 들어가면 죽게 되는 곳인지 아무도 몰라."

"아, 아녜요. 아우스는… 분명 돌아올 거예요."

"나도 그럴 거라 생각해. 그 애 돌아오겠다는 약속은 잘 지키거든."

무거운 얘기에 두 사람은 잠시 입을 다물었다.

정적을 깬 건 젠느였다.

"참! 나 내일 떠나야 할 것 같아."

"돌아가시는 거예요?"

"비슷해."

젠느의 표정에서 이상함을 느낀 에리안이 물었다.

"설마? 차원의 틈으로 가려고요?"

"…응, 꼭 전하고 싶거든."

'휴우~ 도대체 전하고 싶다는 말이 뭘까?'

뮤트 제국 기밀도 술술 얘기해 주면서 아우스에게 하고픈 말에 대해선 요지부동이다.

떠난다는 말에 기분이 꽤 복잡했다.

에리안 역시 차원의 틈에 가보고 싶지만 현 상황에선 불가능했다.

"남길 말 있음 하세요. 아우스가 돌아오면 말할게요."

"응?"

"차원의 틈이 항상 같은 곳으로 보낸다는 보장이 없잖아요."

"아! …그럴 수도 있겠구나."

젠느는 잠시 고민하다가 입을 열었다.

"그땐 그냥 위기를 모면하려고 했던 말이라고. 내 마음은 진실이었다고 전해줄래?"

"…그거면 돼요?"

뭘 의미하는지 생각해 보려 했지만 잘 모르겠다. 다만 '내 마음은 진실'이라는 부분에 대해선 알 것 같았다.

젠느의 표정을 보니 가슴이 먹먹해졌다.

귀족과 부유한 이들이 여러 명의 부인을 두는 건 흠이 아니었다.

심지어 젠느의 어머니를 그토록 사랑하는 벤즌 드 할트 백작 역시 두 명의 여인이 있었다.

부인은 늙어가고 남편인 그는 여전히 젊다 보니 어쩌면 당연했다.

물론 능력이 있는 여자들 또한 몇 명의 남편을 가지고 있으니 남자들만 탓할 것도 아니다.

능력만 되면 누구든지 하렘을 꿈꿀 수 있다.

다만 많은 이가 이성이 자신 하나만을 사랑해 주길 바라듯이 에리안 역시 그래주길 바랐다.

'바람둥이! 나쁜 놈! 언니를 인정해 줄 테니 얼른 와. 늦게 오면 절대 인정해 주지 않을 거야!'

때리고 싶어도 때릴 사람이 옆에 없다. 게다가 그녀 자신의 일을 대신해서 갔다는 게 더욱 가슴 아팠다.

그때 누군가가 식당을 향해 급하게 뛰어오고 있었다.

마나를 느껴보니 그녀의 오빠 행크였다.
'발칸 놈들이 바다로 왔나?'
자리를 박차고 일어났을 때 행크가 들어왔다.
"저, 저기… 저기……!"
"적이야?"
"그게 아니고!"
"그럼?"
답답하다고 소리치려는 찰나 행크의 말이 터졌다.
"아우스가 돌아왔어! 아우스가!"
"저, 정말……?"
"……!!!"
에리안은 말이 끝나기 무섭게 저택 밖으로 뛰어갔다. 결단코 태어나서 가장 빠른 속도였다.
성을 지나 저택 쪽으로 걸어오고 있는 그가 보였다.
아우스도 에리안을 봤는지 웃으며 손을 벌린다.
만나면 꼭 한 대 때려주겠다고 마음을 먹었는데, 눈물 때문인지 때릴 수가 없었다.
에리안이 아우스에게 안겼다.
"…무사해서 다행이야. 아라 님, 감사합니다."
두 번 다시 옆에서 떠나지 못하게 하겠다는 듯 팔에 힘을 줬다.
"미안, 늦어서 걱정했지?"

아우스는 부드러운 말과 함께 진정하라는 듯 등을 토닥였다.

아니라고 와준 것만으로도 충분하다고 해주려는데 문득 그의 뒤에 서 있는 이들이 보인다.

이종족들이다.

파머, 드워프, 엘프.

한데 엘프의 표정이 이상했다. 언제부턴가 많이 본 익숙한 표정이다.

엘프는 이제 사랑을 알아버린 여자의 얼굴을 하고 있었다. 자신에게 질투의 눈빛을 보내며.

때마침 아우스의 토닥이던 손이 굳었다.

젠느를 본 것이다.

에리안은 왠지 이 상황에 화가 났다. 어디 갔다 올 때마다 여자를 한 명씩 데리고 오는 상상마저 들었다.

감격의 눈물은 사라진 지 오래.

보게 되면 한 방 먹이겠다는 생각이 다시 살아났다.

그대로 주먹을 날렸다.

* * *

눈앞에 젠느가 보였다.

왜 그녀가 에리안의—정확하게는 테트릭 자작의—집에 있는 걸까?

젠느는 아련한 눈빛으로 나를 보고 있었다.

꿈이라도 꾸고 있는 걸까, 라고 생각하는 중에 묵직한 주먹이 볼을 강타했다.

나이스~ 에리안!

안 그래도 꼬집어보려던 볼에 강타를 먹여주다니. 환영 인사치곤 너무 격했다.

나가떨어질 정도로 강한 충격과 욱신거리는 고통 속에서도 젠느가 보이는 걸 보니 분명 꿈은 아니었다.

한데 갑자기 내 시선을 날씬하고 봉긋한 엉덩이가 가로막는다.

베루였다. 아마 에리안이 나를 때리자 자기 딴엔 막아주려는 모양이었다.

그러나 베루가 알까. 저러한 행동이 에리안을 더 화나게 만든다는 것을.

"베루, 안 그래도 돼. 그녀는 내……."

연인이라고 말하려는 순간, 주변의 풀들이 자라나 에리안의 손발을 묶었다.

베루! 결초보은, 아니, 결초보복을 할 셈이냐!

아니나 다를까, 에리안의 눈이 실버 울프의 그것과 비슷하게 바뀐다.

"아우스, 너! 죽었어!"

에리안은 검을 뽑으며 발광을 했고, 베루는 그런 그녀를 상대했다.

살벌한 환영이었다.

싸움은 길지 않았다.

에리안이 강했지만 의외로 엘프와는 상성이 맞지 않았다. 그래서 승부가 나지 않았고 결국 화가 풀렸는지 에리안이 먼저 검을 내렸다.

갑자기 왜 그렇게 화가 났느냐고 물었지만 대답은 없었다.

기쁨 마음으로 돌아왔는데 분위기가 칙칙했다.

외성에 집을 구한다고 하면 더 화를 낼 것 같아 얌전히 지정해 준 방으로 들어왔다.

샤워를 하고 나오자 언제 갔다놨는지 기사복이 침대에 놓여 있었다. 손자국이 깊이 파인 것을 보니 갖다놓으면서도 손에 힘이 들어갔나 보다.

피식 웃고 옷을 입었다.

"다 입었어."

잠시 후, 에리안이 들어왔다.

기쁜 것 같기도 하고 슬픈 것 같기도 하고 꽤 복잡한 얼굴이다.

"무슨 생각하는지 모르겠지만 나한텐 너뿐이야. 제레미느 백작 부인이 왜 왔는지 알 수 없지만 그녀와는 별일 없이 깨졌어."

"…그건 네 생각이고."

"뭐야? 내 생각이 중요하지 다른 사람의 생각이 중요한 거야?"

"……."

말이 없다. 하지만 내가 한 말이 에리안의 기분을 풀어준 모양인지 그녀가 뿜어내는 색이 핑크핑크해졌다.

살짝 다가가 조심스럽게 안았다.

"보고 싶었어."

정말이다. 영원히 대륙에 올 수 없을지도 모른다고 생각하니 가장 먼저 생각나는 이가 에리안이었다.

물론 젠느도 있었다. 추억 때문인지 한 번은 다시 만나 얘기해 보고 싶다는 생각을 했었다.

에리안의 볼을 살며시 잡고 키스를 했다. 그녀는 멈칫했지만 곧 예전처럼 받아주었다.

몸은 더 많은 것을 원하고 있었지만 지금은 엔트 할아버지를 만나야 할 시간이었다.

"허허허, 어서 오려무나. 나가고 싶었는데 요즘 몸이 영 좋지 않구나."

방으로 들어오기 전 에리안에게 들었다.

할아버지는 3서클이 되었지만 발트란 감옥에서 고생해서인지 몸이 좋지 않았다.

"하하! 제가 오면 되죠. 참! 이거 드셔보세요. 엘프가 만든 과일주인데 정말 맛있어요."

난 샹카에서 겪었던 일을 즐겁게 얘기했다.

"녀석하곤. 무사히 다녀와서 다행이다."

힘들었던 일은 말하지 않았는데 짐작을 하는 모양이었다.

"아함~ 근데 왜 이렇게 졸리지? 아우스, 저녁에 다시 얘기하자꾸나."

졸릴 수밖에. 내가 슬립을 썼다.

잠든 할아버지의 손을 잡고 마나를 밀어 넣었다.

'음, 중단전은 문제가 없는데 하단전의 마나가 거의 없어. 마나의 길도 너무 약하고.'

의학에 대해 아는 것이 없으니 할 수 있는 것도 많지 않았다. 그저 마나를 몸에 넣어 마나의 길을 약간 청소해 주는 것이 다였다.

마지막으로 다리에 리커버리를 해준 후 에리안과 밖으로 나왔다.

"난 잠깐……."

"잠깐만! 또 지원 요청이야."

막 말을 하려는데 에리안이 손을 들고 말을 막았다. 그녀의 허리띠에 있는 작은 수정구가 빛을 내며 반짝였다.

"미안. 갔다 온 다음 다시 얘기하자. 남쪽으로 발칸의 대규모 병력이 왔나 봐."

빛의 반짝임이 정보를 담은 신호인 모양이었다.

"조심히 다녀와. 위험하면 무조건 피하고. 참, 이거 가져가. 옛날에 내가 살던 곳으로 이동시켜 주는 텔레포트 스크롤이야."

살틴에게 주고 남은 것이었다.

"위험하면 꼭 써. 1제곱미터에 있는 사람들이라면 함께 이동할 수 있을 거야."

"…알았어."

위험한 상황이 와도 안 쓸 것 같은 분위기다.

하긴 나와 달리 에리안에겐 자국민 아닌가.

뛰어가는 그녀의 모습을 보다가 한숨을 쉬며 2층으로 올라갔다. 그리고 내 방을 지나 젠느의 기운이 느껴지는 방으로 향했다.

"들어와."

내가 그녀의 기운을 느꼈듯이 젠느 역시 마법사인지라 나를 느꼈나 보다. 들어오라는 목소리가 떨리고 있었다.

물을 열다 잠시 멈추고 숨을 골랐다.

정원에서 그녀를 봤을 때 얼마나 놀랐는지 모른다.

기억을 되찾고 우연찮게 엿들은 젠느의 말에 허겁지겁 도망쳤다.

그녀가 날 이용하려 했던 것에 화가 난 것은 아니다. 이용당하기 전에 빠져나왔고 설령 당했더라도 내가 못나서 당한 것을 탓할 이유가 없었다.

그저 같이 좋아하는 줄 알았다.

한데 착각했다니. 쪽팔려서 어떤 표정을 지을지 몰라 도망친 것이다.

지금도 젠느를 좋아하느냐고?

만나기 전이었다면 잊었다고 말했을 것이다. 그러나 아까 봤을 때 가슴이 뛰는 게 완전히 가슴에서 밀어내진 못한 것 같았다.

이루지 못한 사랑이라 그런 건 아닐까 싶다.

“제레미느 백작 부인, 오랜만입니다.”

“오랜만. 그때 내 저택에서 잠깐 본 걸 뺀다면 3년 만인가?”

말이나 표정이 예전엔 말괄량이 아가씨 같더니 이젠 정말 백작 부인 같다.

‘얼굴이 꽤 상했네.’

너무 유심히 본 것 같았다. 눈을 내리깔며 말했다.

“벌써 그렇게 됐군요, 백작 부인.”

“한 가지 부탁이 있어.”

“말씀하세요.”

“편하게 젠느라고 불러줄래?”

주책없이 다시 심장이 뛰었다.

아직은 심장 한편에 의식하지 못한 그녀의 그림자가 남아 있나 보다. 그러나 이젠 그마저도 밀어내는 것이 옳았다.

“그렇게 부른다고 의미가 있을까요?”

"…있어."

"어떤 의미요?"

"그냥… 그냥 그렇게 불러줬으면 좋겠어."

그녀가 무슨 생각을 하는지 모르겠다. 할 말이 있다고 했으니 듣고 나서야 판단이 가능할 것 같았다.

"좋아요, 젠느. 에리안에게 듣기론 저에게 할 말이 있어 왔다는데 들을 수 있을까요?"

"에리안, 참 좋은 여자야."

알고 있다. 그 말을 들으려는 게 아니었기에 말이 이어지길 기다렸다.

"너무 무섭게 쳐다보지 말아줄래. 말하기가 힘들어."

예전처럼 봐달라는 건가?

웃기다. 나도 사람이다. 배신감을 느낄 만큼 아팠고 감정을 죽이느라 시간을 낭비했다.

"…젠느, 솔직히 말하죠. 당신과 장난치고 싶은 생각 없습니다. 왜 찾아왔는지보다 이렇게 마주하고 있는 것 자체에 화가 납니다."

"화를 내고 욕을 해."

"젠느!"

"그래야… 네 맘속에 아직 내가 있다는 얘길 테니까."

"……."

"네가 들었던 말 다 거짓이야. 그저 귀찮게 구는 아버님…

파보 공작을 돌려보내기 위한 거짓말이었어. 만일 네가 듣고 있는 걸 알았다면… 말했을 거야. 내 마음속에 네가…….”

“그만! …거기까지만 해요.”

하아~ 오해였던 건가?

파보 공작이 사라진 후 직접 만나 들으면 되었을 그 간단한 일을 하지 않지 않아 현재와 같은 상황에 이르렀다니 허탈했다.

핑계를 대자면 직접 듣기 무서웠다. 이미 갈라진 상처에 소금을 뿌리는 짓을 하고 싶지 않았다.

혼란스럽다. 차라리 전쟁에 참여해 하루 종일 싸우는 게 나을 것 같았다.

“아니, 끝까지 들어줘. 처음엔 분명 목적이 있었어. 가문에 내려오는 피트의 예언대로 나타난 너에게 우호적으로 보이고 싶었어.”

신분증까지 만들어준 트론벤 마을의 친절함이 설명되는 순간이다.

“하지만 널 알게 된 후부터 마음이 바뀌었어. 네가 좋아졌거든. 그리고 널 보내고 나서야 알았어. 내가 널 진정으로 사랑하고 있음을. 그리고 그 마음은 그날도, 지금도 마찬가지야.”

“하아…….”

한숨을 토해내는 걸 빼곤 어떤 말도 할 수 없었다.

젠느는 단 한순간도 거짓말을 하지 않았다. 그리고 그녀가 뿜어내는 색은 처음부터 지금까지 똑같았다.

그게 더 가슴을 아프게 했다.

'나더러 이런 상황에 뭘 어쩌라고.'

생각이 정리가 되지 않았지만 마냥 생각하고 있을 순 없었다. 겨우 입을 열었다.

"…알았어요. 제가 오해를 했었군요. 하지만 젠느의 그 마음… 받아주지 못할 것 같아요."

"…응, 알아. 말을 하고 나니 한결 편해. 이제야 좀 살 것 같아."

젠느는 분명 웃고 있는데 울고 있는 것처럼 보였다.

시선을 피했다.

빌어먹을, 마보세!

보고 있지 않아도 젠느의 모습이 보이고 느껴졌다.

일어났다. 더 이상 머물렀다간 에리안에게 상처를 주는 말을 할 것 같았다.

"나 내일 떠날 거야. 스폰 백작 성으로는 이제 안 가려고. 트론벤에 있는 별장에서 지낼 생각이야."

"…텔레포트 마법진 준비해 둘게요."

"싫어. 그냥 구경하면서 갈래."

젠느의 방에서 나왔다.

방으로 가는 도중 들리는 울음소리에 한동안 멍하니 서 있어야 했다.

아무 생각 없이 지내던 샹카가 그리웠다.

* * *

저녁을 먹을 때까지 에리안은 돌아오지 않았다.

다리가 한결 좋아졌다며 내려온 엔트 할아버지마저 없었다면 여전히 불편한 테트릭 자작과 저녁을 먹어야 했을 것이다.

두 시간 가까이 저녁을 먹고 방에 올라가자 문 앞에 기다리는 이가 있었다.

"식사는 했습니까, 시엔?"

"벌써 먹고 영지도 한 바퀴 돌았는걸요."

"부지런하시네요. 들어오세요."

"술이 당기실 것 같아 가져왔습니다. 전의 영주였던 트리즌 백작의 술 저장고에서 슬쩍했습니다."

자리에 앉기 전 방에 비치된 잔을 가져와 앉은 그는 품에서 술을 꺼냈다.

"하하, 한 병으로 될까 모르겠네요."

"티도 안 날 텐데 얘기가 끝난 후 몇 병 더 슬쩍해서 올려 보내겠습니다."

"심란한 마음이 달래졌으면 좋겠군요."

술을 따서 서로의 잔에 술을 채운 후 건배를 했다.

"프링크 영지의 안전을 위해! 플린의 영광을 위해!"

시엔의 말에 다소 놀랐다. 굳이 따지자면 그는 발칸 제국인이었다.

내 표정을 읽었는지 말을 잇는다.

"사는 곳이 고향이죠."

마치 나에게 하는 얘기처럼 들렸다.

"그렇긴 한데 아직 마음이 정해지지 않는군요."

"얼른 에리안 남작님과 결혼을 하십시오. 그럼 고민도 없어질 겁니다."

"시엔은 마치 결혼을 한 것처럼 말하는군요, 하하… 하셨습니까?"

"최근에요. 가볍게 연애를 시작했는데 임신을 했더군요. 그래서 조촐히 결혼식을 했습니다."

"늦게나마 축하합니다."

"아닙니다. 근데 혹시 전황이 어떻게 되고 있는지 아십니까?"

그는 쑥스러운지 화제를 돌렸다.

"글쎄요. 얼핏 듣기론 전선이 두 개라고 들었습니다만."

"맞습니다. 우리 왕국만 두 개죠. 에스란도 뮤트와 우리가 싸우고 있으니 두 개. 거기에 발칸 역시 북남쪽으로 전선이 두 갭니다."

"헐~ 이러다 대륙 전체가 전쟁에 휩싸이겠군요. 근데 발칸이 칸켈족 영역까지 전쟁을 시작한 겁니까?"

"아뇨. 반댑니다."

"칸켈족이 발칸을 침범했다고요?"

"칸켈족이 뭉쳤습니다. 그들은 빠른 속도로 발칸의 영지를 함락시키고 있습니다."

몸에 새긴 타투를 통해 마법을 발현하는 칸켈족은 유목 생활을 했다. 말과 한 몸이라고 할 정도로 말을 잘 다루는 그들이라면 속도전으로 발칸의 영지들을 누비고 다닐 게 분명했다.

"발칸으로선 꽤 골치 아프겠군요."

"그렇다고 들었습니다. 성문을 걸어 잠그면 옆에 있는 영지를 치고 그곳도 잠그면 앞의 영지를 괴롭히니 죽을 맛이겠죠. 게다가 8서클 마도사도 있다는 소문입니다."

내가 애용했던 마법패처럼 칸켈족의 문신 마법은 일반 마법과 달리 상당히 효율이 좋았다.

3서클 마법사가 4서클과 비슷하다고 할까.

단점이라면 7서클 이상의 마법사가 없었다.

문신으로는 의지에 좌우되는 상단전을 쓰지 못하기 때문이라는 분석이 있었는데 그런 상식의 벽을 깬 자가 나타난 모양이다.

"또한 아우스 경이 언급한 대로 다른 나라들도 들썩이고 있어 대륙 전체가 전쟁의 불길 속에 들어갈 가능성이 높다 합니다."

"음, 혼란의 시대군요."

말과 달리 속으로는 딱히 전쟁으로 죽어가는 사람들에 대한 동정심이나 안타까움은 없었다.

이 기회에 자그마한 공국이나 얻어볼까, 라는 생각도 들었지만 곧 고개를 저었다.

수많은 이의 목숨을 챙기기엔 난 너무 인정이 많았다.

왕, 혹은 황제 정도 되면 수많은 목숨을 불구덩이에 밀어 넣고도 담담해야 하는데 그럴 자신이 없다. 그렇다고 한쪽 편에 서서 전쟁에 동원된 이들을 닥치는 대로 죽이는 것도 마음에 들지 않았다.

"참! 혹시 외성에 빈집이 있습니까?"

"나가서 사실 생각입니까?"

"결혼 전까지 그편이 나을 것 같아서요. 괜히 이곳에 얼쩡거리다 높은 양반들의 전쟁 놀음에 끼어들고 싶은 생각은 없거든요."

"아우스 경이라면 그럴 거라 생각했습니다. 몇몇 귀족이 떠나면서 빈 저택이 있습니다. 그중 에리안 남작님께서 아우스 경을 위해 사둔 곳이 있습니다."

"다행이네요. 내일 그쪽으로 옮겨야겠군요."

"근데……."

시엔은 무슨 말을 하려는지 말을 길게 끌었다.

"말씀하세요."

"혹시 프링크 영지가 침범을 당해도 가만히 계실 겁니까?"

"아뇨. 그땐 나서야죠. 이곳에 시엔의 가족이 있듯이 제가 지켜야 할 사람들이 있으니까요."
시엔의 표정이 밝아졌다.
"그럼, 아우스 경을 넣고 작전을 짜도 되겠습니까?"
"얼마든지요."
"그럼 작전을 위해 한 가지 더 부탁이 있습니다. 개인적으로는 아우스 경에게도 도움이 될 겁니다."
"일거양득인 일인가 보군요."
"어쩌면 어마어마한 부를 축적할 수도 있을 겁니다."
"하하하! 돈이야 많을수록 좋죠."
9서클을 연구하려면 돈이 많으면 많을수록 좋았다. 한데 전쟁이 일어났으니 마법 용품의 판매 또한 급감할 터. 돈 나올 다른 곳이 있다면 마다할 이유가 없다.
"예전에 보았던 불완전한 아공간 지갑을 만들어주십시오. 이왕이면 던지기 편하고 약간의 충격에도 터질 수 있게 말입니다."
"아!"
시엔이 어떤 식으로 아공간 지갑을 사용하려는지 단번에 알아챘다.
범위 내에 있는 것이라면 그것이 사람이든 바위든 사라져 버리는 무기.
마법의 높고 낮음은 상관없다.
8서클 마도사라고 할지라도 범위 안에 있으면 사라져 버린다.

공성전을 할 때도 마찬가지. 크기를 크게 한다면 대공성전 무기로도 손색이 없다.

'어쩌면 전쟁의 향방이 완전히 바뀌어버릴 수도.'

만들지 않을 이유는 없다.

무기로 죽이나, 마법으로 죽이나, 아공간으로 죽이나 죽이는 건 마찬가지다.

생각이 무기 쪽으로 흐르자 과거 마법진을 이용해 만든 트랩 또한 훌륭한 무기가 될 것이라는 생각이 들었다.

'대량생산이 문제이긴 한데…….'

이세계의 지식은 사람을 통한 대량생산이 아닌 기계를 통한 대량생산이 충분히 가능하다고 말해줬다.

"…힘드시겠습니까?"

생각이 길어지자 시엔이 조심스레 묻는다.

"아니요. 얼마나 생산이 가능할까 생각해 보고 있었습니다."

"그럼?"

"일단 영지를 지킬 분량부터 만들어보기로 하죠."

"잘 생각하셨습니다. 판매처는 무궁무진할 겁니다."

안다. 아마 만드는 족족 팔릴 것이다.

하지만 다른 방향으로도 생각을 해봐야 했다.

개인이, 한 나라가 굉장한 무기를 만든다면 처음엔 놀랍다며 구매할지도 모르지만 그 굉장함이 두려움을 느낄 정도라면 주변의 모두가 적으로 돌아설지도 모른다. 아니, 분명 그럴 것이다.

가령 아공간 무기의 크기를 극대화해서 황궁에 떨어뜨리면 어떻게 되겠는가.

대마법 방어진 따윈 아무 소용없었다. 그냥 황궁 전체를 다른 곳으로 날려 버리는 것이다.

그렇게 되면 지키려고 만든 무기가 나라를 망하게 만들 수도 있었다.

'아공간 무기는 두 종류만 만들자. 더 만들었다가간 대륙의 적이 될지도. 방어할 수단을 만들 수 있다면 그것도 괜찮고.'

대략적인 계획이 섰다.

"혹시 필요한 것이 있다면 말씀하십시오."

"마나석이 필요할 겁니다."

"전쟁 때문에 창고에 재고가 많으니 내일 갖다드리겠습니다."

"좋은 사업을 생각해 주셨으니 벌게 된다면 잊지 않겠습니다."

"하하! 저야 영지를 지키기 위해 생각한 것뿐인데요."

"생각의 전환이 중요한 법이죠. 아, 에리안이 도착했나 보군요."

저택 내부에 있는 마법진이 활성화되는 것을 느끼고 우린 아래층으로 내려갔다.

* * *

세상이 미친 건지, 권력자들이 미친 건지 우려하던 대로 전쟁은 점점 확전됐다.

에스란 왕국, 뮤트 제국과 접해 있던 메룬 왕국이 다음은 자신들 차례라고 생각했는지 서에스란을 차지하기 직전, 뮤트 제국군을 쳤다.

이로써 얼음 왕국 비알을 제외하고 서대륙에 위치한 모든 나라가 전쟁에 참여하게 되었다.

상황은 전체적으로 그리 좋지도 나쁘지도 않았다.

플린 왕국의 경우, 발칸 제국에게 더 이상 영지를 빼앗기지 않고 잘 버티고 있었고 에스란 왕국은 동에스란의 20퍼센트 이상을 차지할 정도로 빠르게 진격하는 중이었다.

물론 메룬 왕국이 동에스란에 어떤 변수로 작용될지는 더 두고 볼 일이었다.

"쯧! 세상이 어찌 되려고 이러는 건지."

해안가를 따라 몇 가지 알림 마법 설치를 마친 후 휴식을 취하며 난 인상을 찌푸리고는 중얼거렸다.

기분 탓인지 아님 수많은 주검이 내뿜는 원한 때문인지 푸른 마나가 살짝 어두워진 느낌이다.

"이제 들어가 볼까."

시엔은 하루 네 번 여섯 시간마다 순찰을 돌아줄 것을 부탁했다.

딱히 어려운 일도 아니었고 도는데 천천히 걸어도 30분밖에 걸리지 않았다.

방금 설치한 알람 마법과 혹시 몰라 도주로 삼아 텔레포트 마법진을 그려놓은 것은 덤이었다.

저택―나에게 줄 돈으로 에리안이 구매해 놓은―이 가까워지자 박수 소리와 함께 깔깔대는 소리가 들렸다.

저택을 얻자마자 맞이하게 된 네 명의 손님이 만들어내는 소리였다.

뭔가 싶어 봤더니 저택의 손님인 세 이종족과 한 사람이 술래잡기를 하고 있었다.

한 명이 눈을 가리고 박수를 치며 도망 다니는 세 명을 잡으러 다니는 고전 게임인데 꽤 재미있나 보다.

'즐거워하니 다행인데… 휴우~'

세 명의 이종족이 전쟁 때문에 구(舊) 트리즌 영지밖에 돌아다니지 못해 꽤 미안했다. 한데 재미있게 놀고 있으니 그나마 다행이라는 생각이 들었다.

하지만 눈을 가리고 이종족을 잡으러 다니는 젠느를 보고 있자니 절로 한숨이 나왔다.

며칠 전 떠나기로 되어 있던 그녀가 왜 내 집에 있느냐고?

에리안 때문이다.

떠날 줄 알았던 젠느를 에리안이 떡하니 내 집으로 데리고 온 것이다.

두 사람 사이에 무슨 말이 오갔는지 모르지만 아무튼 머물게 됐다.

'떠나게 만들면 그땐 안 볼 줄 알아!'라고 외치던 모습이 왜 그리 가슴이 아프던지.

'에구~ 너도 어지간히 오지랖이 넓다.'

그날이 생각나 고개를 절레절레 흔드는데 누군가가 덥석 껴안는 것이 느껴졌다.

"잡았다!"

계집아이 같은 파머, 파 밀리엔이 젠느를 내 쪽으로 유도를 한 모양이었다.

장난기 가득한 얼굴로 혀를 날름 내민다.

"어?! 미안……."

웃는 얼굴로 가리개를 벗던 젠느는 잡은 사람이 나임을 알고는 표정을 굳히며 사과를 했다.

"괜찮아요. 전 이만 저녁을 준비하러."

저택에 요리사가 아직 없다.

마법을 쓸 수 있거나 창, 검을 쓸 수 있는 사람들은 대부분 징집됐으니 구할 수도 없었다.

덕분에 세끼 요리는 내 몫이었다.

뭔가 어색해진 분위기를 뒤로하고 부엌으로 갔다. 그리고 거창하진 않지만 다섯이 충분히 먹을 수 있는 네 가지 요리를 했다.

[저녁 먹자, 베루.]

베루에게 딜리버리를 사용하자 얼마 되지 않아 모두 식탁으로 모였다.

"맛있다!"

"잘 먹었어."

이 두 마디면 요리에 투자한 시간이 아깝지 않은 걸 보니 나도 꽤 요리하는 걸 좋아하는 모양이다.

식사를 할 때 가장 말이 많은 사람은 젠느였다.

파티에서 들은 얘기가 많은지 이종족 세 사람의 귀를 쫑긋하게 만들었다.

눈칫밥을 먹고 있을 텐데 이종족에게 신경 쓰는 걸 보면 미워할 수 없는 여자다.

하긴 그게 아니면 할 일이 없나.

식사를 마치고 차는 파 밀리엔이 끓였다. 같은 차도 어떻게 끓이느냐에 따라 천양지차다.

차를 마신 후 지하에 마련해 둔 곳으로 내려갔다.

십여 일 열심히 구상하고 만들고 있는 마법진 자동화 시스템이 가장 먼저 보인다.

말이 마법진 자동화 시스템이지 아직까진 그냥 철과 나무를 대충 세워둔 정도였다.

아공간 무기 두 가지는 만들었다.

수탄과 포탄.

수탄의 경우, 지름 3미터의 원형 공간을 집어삼켰는데 마나석 없이 만들어낼 수 있는 최대의 크기였다.

내가 상상하던 황궁을 없애는 일은 그저 상상에 지나지 않았던 것이다.

물론 이론적으로는 불가능하지 않다.

다만 상상 이상의 마나석이 있어야만 가능했다.

포탄의 경우, 들어가는 마나석의 크기와 폭발력(?)의 균형을 가장 효율적으로 맞춰야 했다.

그래서 찾아낸 것이 지름 9미터였다.

이를 위해 엄지손가락만 한 크기의 마나석이 필요했는데 만약 1미터를 더 늘일 경우 주먹만 한 마나석이 필요했다.

악몽의 숲에서 보았던 아공간 미로에 들어간 마나석이 많았던 이유가 있었던 것이다.

또 큰 결점은 아니지만 단점이 있었다.

만들자마자 바로 사용할 수 없다는 것.

무슨 발효 식품도 아니고 마나가 꽉 찰 때까지 나흘에서 닷새를 기다려야 했다.

모양은 포탄의 경우 오각형으로 이루어진 12면체였고 수탄의 경우 크기는 작고 던질 수 있게 손잡이가 달려 있었다.

아무튼 수탄과 포탄은 이미 만들었던 경험이 있어 큰 어려움 없이 만들 수 있었다. 그러나 정작 중요한 건 지금부터였다.

마법진을 찍어낼 수 있는 기계 크기, 종류에 따라 24개를 만들어야 했고 이것을 합치고 활성화를 시켜야 할 방법도 연구해야 했다.

한참을 끙끙거리며 두 손과 투명 손까지 사용해 일정 속도로 찍어 누르는 기계를 만들 수 있었다.

머릿속은 마나차의 설계까지 가능할 것 같은데 현실은 암울했다.

쿵! 쿵! 쿵!

몇 번 수직 운동을 하며 찍어대던 기계는 곧 엉뚱한 곳을 찍기 시작했다.

그 모습에서 깨달음을 얻었다.

8서클이라고 모든 걸 다할 순 없음을.

시간만 있다면 몇 년간 천천히 연구해서 최적의 결과물을 만들 수 있겠지만 지금은 하루라도 빨리 만들어야 했다.

물론 급하다고 처녀에게 애를 낳아달라고 할 수도 없는 일.

"첫술에 배부를 수야 없지."

마음을 다잡아보지만 약간의 허탈감은 어쩔 수 없다.

이럴 땐 휴식이 최고였다.

냉장고에 있는 시원한 샴페인을 꺼내 의자에 앉아 홀짝였다.

한 잔 시원하게 마시고 다시 술을 따르는데 지하로 내려오는 이가 있었다.

"베루가 야식을 만들어서 가지고 왔어."

무슨 말을 할까.

고민하는 사이 그녀가 다가와 작업대에 접시를 놓았다. 그리고 작은 나무 상자를 당겨와 앉으려 했다.

"…잠깐만."

구석에 있던 의자가 귀신처럼 다가와 그녀 뒤에 멈춰 섰다.

"8서클 마법사가 됐다고 해서 믿지 못했는데 이제야 실감이 나네."

"5서클 마법입니다만."

"그런가? 훗!"

젠느는 피식 웃었다. 그리고 이젠 그녀의 트레이드마크처럼 되어버린 웃고 있지만 슬퍼 보이는 표정으로 돌아왔다.

"나도 한 잔 줄래?"

이번엔 잔이 날아왔다. 물론 샴페인은 직접 따랐다.

속이 타는지 단숨에 마셔 버린다. 다시 따랐다.

세 잔을 연속으로 마시고 나서야 멈췄다.

"일은 잘돼가?"

"…생각과 달리 쉽지 않군요."

"세상에 생각대로 되는 게 어디 있겠어. 예상치 못한 시련이 언제나 있는 법이야."

나에게 하는 말이 아닌 스스로에게 하는 말 같다.

"정말 오랜 기간 널 찾았어. 좋아한다고 말하고 싶어서. 네가 들은 말이 진심이 아니라고 말하고 싶어서. 할 말도 많았어. 날 기다리게 한 것에 대해 잔소리도 하고 싶었고, 직접 물어보지 않고 떠나는 게 어디 있냐고 소리치고 싶기도 했고."

내가 발트란으로 떠난 다음 어떤 마음으로 어떻게 지냈는지, 스폰 백작의 저택에서 떠나는 날 보낸 후 어떻게 살았는지 젠느는 담담하게 자신의 얘기를 했고 난 술잔을 기울이며 조용히 들었다.

"…떠나려 했는데 에리안이 가지 말라고 잡더라. 자긴 이해한다고. 떠나기 싫으면 직접 널 이해시키라고. 그래서 뻔뻔하게도 다시 머물기로 했어."

그리고 구구절절한 얘기가 끝난 후 어떻게 머물게 되었는지를 얘기했다.

"미안하면서도 고맙더라. 네가 사랑하는 그 아이, 에리안에게. 나 참 나쁘지?"

"……."

"나쁜 걸 아는데 못 떠나겠어. 그래서 기다린 시간만큼 다시 기다려 보려고. …널 이해시켜 보려고."

물끄러미 보던 젠느는 애써 입꼬리를 올리며 웃곤 자리에서 일어났다.

'빌어먹을! 빌어먹을! 빌어먹을……!'

나름 좋다고 생각한 머리가 '빌어먹을!'이라는 단어로 순식간에 가득 찼다.

열 번의 삶 중 바람둥이의 삶도 있었다면 좋았을 텐데. 그랬으면 에리안에게 조금 덜 미안했을 것 같았다.

"제, 젠느, 에리안을 설득할 때까지 조금만 기다려 줄래요?"
"…어, 얼마든지."
젠느는 눈물을 뚝뚝 흘리며 울고 있었다.
그리고 웃고 있었다.

*　　　*　　　*

어떻게 해야 할지 고민하던 젠느의 일이 풀려서인지 자동화 시스템에 대한 고민도 의외로 쉽게 해결 방법이 떠올랐다.
과거에 동생이었던 트린가의 엘른 남작을 떠올렸고 그를 방문했다.
"어서 오게, 아우스 경."
"어서 와요."
엘른 부부가 반갑게 맞이해 줬다. 나와 같은 이름을 가진 조카 베른과 기생충에게 고통 받던 루미엔도 함께 있었다.
"살려주셔서 감사해요, 아우스 경."
당장 결혼을 해도 될 만큼 멀쩡해진 루미엔은 드레스를 살짝 잡으며 고개를 숙였다.
"운이 좋았습니다."
"안녕하세요, 아우스 경. 어라? 근데 아저씨 주변에 있던 알록이 달록이들은 다 어디 갔어요?"
솔직히 아직도 베른이 무슨 말을 하는지 모르겠다. 베른의 눈에 보이는 세상이 어떨지 궁금했다. 그러나 피식 웃고 떨쳐냈다.

내 세상도 제대로 보지 못하면서 남의 세상을 궁금해하는 것이 웃겼다.

다행히 인사는 길지 않았다.

내가 무슨 일로 왔는지 알고 있는 것처럼 금세 엘른 남작과 독대를 하게 됐다.

“도움이 필요해서 찾아왔습니다.”

“그럴 거라 생각했어. 아우스 경이 어떤 마법을 만들다가 막혔는지 궁금하군. 당연히 기계와 관련된 쪽이겠지만 말이야.”

“못 뵙는 사이에 독심술을 연마했나 봅니다.”

“뭐, 그냥저냥 추측이지. 그날 이후부턴 개발보단 생각하는 시간이 길어졌다네. 정보도 모으고.”

좋은 현상이다.

작은 깡패 조직에서도 정보를 모으는 건 필수였다. 한데 플린에서 두 손가락 안에 드는 장사꾼이 물건만 만들고 있으면 돈은 벌 수 있을지 몰라도 스스로를 지킬 수가 없다.

드리니트 남작가가 그 대표적인 모델이지 않은가.

“여기 있습니다. 제가 만들려는 장비인데 쉽지 않네요.”

머릿속에 있는 자동화 시스템을 최대한 알아보기 쉽게 그린 그림을 보여줬다.

물론 내 기준이다.

엘른은 한참을 봤다. 그리고 볼을 긁적이며 말했다.

"이거 혹시 자동으로 마법진을 새기는 장친가?"

"네."

"초창기 우리 연구소가 만든 것과 비슷하군."

"오!"

"실패했네. 인간이 그린 마법진과 기계가 찍어낸 마법진은 문양은 똑같았지만 활성화가 안 되더군."

"…그런 문제가 있었군요."

"마법 쪽은 경이 더 잘 알 테니 일단 고민은 접어두고 기계에 대해 설명하지. 일단 완전히 기계에 의존하는 건 차차 생각하기로 하고 기계를 두 개로 나누는 게 좋아. 찍어내는 기계와 조립하는 기계. 그리고……."

잘 찾아왔다.

엘른은 새 종이에 거추장스러운 건 단순하게 만들며 나와 다른 새로운 기계 그림을 그렸다.

가령 찍는 기계의 경우 틀을 바꾸는 것만으로도 24개가 아닌 1개만 있어도 충분하도록 설계했다. 다만 기계를 만드는 데 복잡함과 세밀함이 더욱 요구되었다.

"음, 기계가 이런 식으로 움직이게 만들려면 시간이 걸릴 텐데 제가 좀 급합니다."

"하하하! 걱정 말게. 예전에 만들어놓은 기계가 있으니 조금만 손보면 될 거야. 그걸 주지. 다만 한 가지 부탁이 있네."

"활성화가 되는 방법을 알게 되면 가르쳐 달라는 얘깁니까?"

"아니, 그 반대네. 오직 자네만 알고 있어주게. 나중이라면 달라질지 모르겠지만 일단은 말일세."

"예?"

이해가 되지 않아 되물었다.

"수천 명이 할 일을 수십 명이서 해버리면 어떻게 될까? 우리 가문의 공장만 해도 그 정도인데 나라, 대륙까지 확대한다면?"

"아!"

사람들이 이제야 아주 조금이지만 인간답게 살아가고 있었다.

일거리는 넘쳐나고 돈은 대륙 전체를 빠르게 돌면서 경기를 활성화시키고 있었다.

한데 만약 대량의 실업이 발생한다면?

아주 약간의 자유를 맛보았다고 하지만 그들이 다시 노예의 삶을 견뎌낼 수 있을까?

아니, 일자리가 없어져 굶어 죽는 사람들이 넘쳐날 것이다.

그럼 수순은 정해져 있다.

민란이 일어나 움켜쥐고 있는 자의 것을 빼앗아서라도 맛보았던 자유를 다시 누리려 할 것이다.

확대 해석이라고 생각할 수 있지만 수많은 나라가 사라질 가능성도 높았다.

"어쩌면 무서운 일이 일어날 걸세. 그리고 일어날 일이라면 플린이 시범 케이스가 되길 바라지 않는다네."

"무슨 말인지 알겠습니다."

"이해해 줘서 고맙네."

"아닙니다. 그럼 언제까지 될까요?"

"일주일이면 될 걸세."

그동안 트랩용 마법진을 만들면 될 것 같았다.

*　　　*　　　*

"아~ 니미, 오늘도 해는 떠오르는구나."

해안선을 따라 붉게 떠오르는 태양을 보고 성벽에 기대어 있던 두터가 중얼거렸다.

목소리가 컸던 걸까, 오랜 시간 같이 지냈던 친우이자 십인 대장인 왈트가 말했다.

"복에 겨운 소리 한다. 지금 전쟁에 투입돼 죽었는지 살았는지도 모르는 애들이 수두룩해, 이 사람아."

왈트의 말마따나 두 곳의 전장이 계속되면서 영지의 병사와 기사 절반이 전장에 투입됐다.

며칠 전 들은 소문에 의하면 그들 중 삼분의 일이 죽었거나 실종 상태라고 했다.

그나마 나이가 많다는 이유로 영지에 남아 근무하게 된 두터로서는 행운이나 다름없었다.

"쯧! 꼭 그렇게 분위기를 깨야 속이 시원하냐!"

"분위기 같은 소리한다."

"밤새 잔뜩 긴장했다가 해가 떠오르면 기운이 빠지는 게 모든 것이 덧없어서 그런다, 이 인간아!"

"옘병! 그만 소리 하면서 또 술 처먹으려고 하는 수작인 걸 누가 모를 줄 알아!"

"내가 내 돈으로 술 먹겠다는데 네가 무슨 상관이야."

두 사람의 목소리가 커지자 다른 사람들은 고개를 흔들며 시선을 돌렸다.

일 년 365일 거의 매일이다시피 있는 일이었다.

저러다가 시시덕거리면서 같이 술집에 간다는 걸 모르는 사람이 없었다.

"오호라~ 그럼 오늘은 네가 술을 사겠다는 뜻?"

"…말이 왜 그렇게 해석되는데? 사려면 네가 사야지. 그제는 내가 샀잖아!"

"그, 그런가?"

"망할 놈, 모른 척하긴. 아무튼 오늘은 네놈이 사. 우울한 기분 날려 버려야지."

"큼! 그, 그러고 싶지. 하지만 오늘은 안 될걸."

"왜? 다섯째라도 가졌냐? 늙은 마누라 보면 아직도 밤마다 그 생각이 나냐? 어떤 의미에선 참 대단하다, 대단해."

"이 인간이 남의 마누라는 왜 걸고넘어져! 그냥 오늘 신무기 교육이 있을 예정이라 그래."

"엥? 갑자기 웬 신무기? 그리고 신무기라면 우리 같은 병사들이 쓸 수나 있는 거냐?"

두터가 귀를 쫑긋 세웠다.

왈트는 아차 싶었지만 어차피 잠시 후면 다 알게 될 일이라 대답했다.

"병사들이 쓰게 될 무기래. 엄청 위험해서 관리에 각별히 주의를 해야 한대."

"쯧! 관리하기 힘든 무기가 무슨 무기야. 우리가 당할 수도 있다는 거잖아?"

"나도 자세한 건 몰라. 아무튼 획기적인 거래."

"획기적이긴, 얼어 죽을."

두 사람의 대화는 잠깐 소강상태에 들어갔다.

둘뿐만 아니라 모두가 새로운 무기가 뭐일지 상상하고 있었다.

병사들의 근무는 3교대로 이루어지고 있다.

12시간 성벽 근무를 서고 나면 12시간 집에서 쉬고, 12시간은 대기한다.

대기조의 경우 성벽 밑에 대기를 한다 뿐이지 쉬는 것과 마찬가지라 병사들의 컨디션은 나쁘지 않았다.

"근무 교대! 오늘 신무기 교육이 있을 예정이니 퇴근하지 말고 서쪽 숲으로 이동할 수 있도록. 혹시 귀찮다고 도망가는 놈이 있으면 탈영으로 간주할 테니 한 명도 빠지지 말도록."

"근무 교대! 오늘……."

천인대장의 외침을 백인대장들이 그대로 읊었다. 마치 돌림노래처럼 성벽 여기저기서 웅성거렸다.

잠시 후, 성벽 계단을 통해 후 근무자들이 올라왔다.

한데 그들 중 절반은 두 명씩 짝을 지어 나무 상자를 들고 올라왔다.

"그게 신무기야?"

두터가 궁금해하며 다가가자 두 명이 질색을 하며 외쳤다.

"가, 가까이 오지 마십쇼! 이게 어떤 물건인지 알고 다가오는 겁니까? 터지면 형님은 물론 우리까지 몽땅 사라집니다."

"아따~ 도대체 그렇게 호들갑들이야? 어차피 우리가 쓸 무긴데 구경도 못 해?"

"구경은 조금 이따가 실컷 하실 겁니다. 그러니 제발 떨어지십쇼. 살 떨립니다."

상자를 든 병사들뿐만 아니라 모두가 질겁했다. 더 보자고 했다간 한 대 맞을 분위기다.

"쳇! 더러워서 안 본다."

두터는 어색해지려는 분위기를 떨치려는 듯 상자에서 물러났다.

'별것 아니기만 해봐라.'

기분이 상한 두터는 외성 서쪽에 위치한 넓은 공터로 걸어갔다.

전시가 아니라면 몰래 빠지는 이들이 한둘은 있겠지만 현재는 전시.

가장 먼 동쪽 성벽의 병사들까지 다 모이는 데 걸린 시간은 오래지 않았다.

얼른 끝이 나야 퇴근을 한다는 생각도 없잖아 있었을 것이다.

"모두 자리에 앉도록."

시엔 작전관—행정관과 겸임이다—의 말에 200여 명의 병사가 흙바닥에 앉았다.

두터는 왈트 뒤에 앉아 시엔 옆에 있는 상자와 남자 허벅지만 한 두께에 구멍 파인 나무를 보았다.

"이제부터 여러분에게 보여줄 것은 일반 병사도 마법사를 죽일 수 있는 무기다. 운이 좋다면 8서클 마도사도 날려 버릴 수 있는 무기!"

"말도 안 돼."

한 사람의 입에서 나온 말이 아니었다. 적어도 열댓 명이 동시에 중얼거렸다.

시엔은 별다른 말없이 설명을 이었다.

"위력은 잠시 후에 보기로 하고 구조부터 살펴보기로 하지. 여기 할린 경이 들고 있는 오각형으로 이루어진 12면체에 손잡이가 달린 것이 수탄, 우측의 달라스 경이 들고 있는 것이 포탄이다. 구조는 간단하다."

시엔의 말에 두 기사는 분해해서 병사들에게 건네 돌려 보도록 했다.

"여러분이 보는 것은 그저 구조만을 보여주기 위한 모형이다. 실제는 그 안에 마법진이 들어가 있고 조금이라도 분해를 하는 순간, 펑! 모두 사라진다. 현재 병사들이 앉아 있는 상태라면 포탄 한 방이면 4분의 1쯤은 이 세상에서 사라지게 될걸."

믿는 눈치는 아니었지만 상관없었다. 시범을 보이면 그땐 모든 것을 알게 될 테니까.

"근데 작전관님, 저기에 있는 나무통은 무엇입니까?"

일찌감치 수탄과 포탄의 모양을 확인한 두터가 나무통을 가리키며 물었다.

"발사대다. 포탄을 넣고 발사할 수 있는. 잠시 후 정확하게 보여주도록 하겠다. 먼저 수탄의 위력을 보도록 하지."

시엔이 상자를 열자 12개 칸으로 나눠져 있었는데 그 안에 든 수탄을 하나 꺼냈다.

"이 수탄은 충격에 꽤나 민감하다. 하나가 터지면 지름 3미터는 모조리 없어진다. 즉, 거칠게 다루면 던져보기도 전에 아공간의 세상으로 가게 되니 절대 주의하도록 해라."

수탄은 흙바닥에 떨어져도 모래사장에 떨어져도 작동이 되어야 했기에 상당히 민감했다. 그래서 아우스는 약간의 장치를 마련해야 했다.

"손잡이의 뒤쪽 고리를 당긴다. 그럼 내부에 받치고 있던 틀이 빠진다. 이때가 되면 아주 적은 힘에도 터질 수 있다. 그러니 재빨리 던진다."

시엔이 던진 수탄은 훌훌 날아 허수아비들이 서 있는 곳으로 날아갔다.

팍!

허수아비에 닿자 수탄을 빛을 내뿜었다. 그리고 곧 아공간을 만들어 3미터 내에 있는 것들을 삼키고 사라졌다.

우와!

함성이 터졌다.

두터도 그중 하나였다.

시엔이 말한 8서클은 힘들지라도 4~6서클 마법사에게라면 한 방 먹일 수 있을 것처럼 보였다.

이어진 포탄의 실험에선 더욱더 놀랐다.

마법 발사대를 이용해 던질 수 없는 곳까지 보낼 수 있었는데 공성 병기로서 적격이었다.

시연이 끝날 때까지 시엔이 가장 강조한 것은 안전이었다.

두터도 안전이 중요하다는 걸 인정했다. 그렇지만 다른 병사들처럼 마냥 두렵지만은 않았다.

한때 용병이었던 그는 수탄과 포탄의 효용성을 눈치챈 것이다.

'나중에 되면 고서클들은 쉽게 잡기 힘들겠지만 전쟁이나 싸움에서 필수품이 되겠어. 수탄과 포탄을 직접 써봤으면 좋겠네.'

두터의 소원은 며칠 후 이루어졌다.

*　　*　　*

프링크 영지에 신무기가 도입되면서 병사들의 감시 지역이 성벽, 성벽 밑, 집에서 해안가, 성벽, 집으로 바뀌었다.

그리고 여러 가지 테스트 결과 병사들의 병과가 나뉘게 되었다.

창병, 방패병, 석궁 투척병, 포탄병, 마법병.

본래 수탄 투척병을 만들려고 했는데 한 석궁병의 아이디어로 석궁에 끼워 발사할 수 있게 됨으로써 석궁 투척병이 되었다.

완전히 새로 생긴 병과는 포탄병.

마법 발사대를 이용해 포탄을 쏘면 최대 150미터까지 쏠 수 있었는데 곡사형이었기에 거리 감각이 좋은 이들을 뽑아야 했다.

두터는 당당히 포탄병이 되었다. 심지어 테스트 성적이 가장 좋아 스무 명으로 이루어진 포탄병과 대장으로 임명됐다.

"1분대 40미터, 2분대 50미터, 3분대 나와 함께 60미터 발사!"

슈슈슈슈슈슉!

13개의 연습용 포탄이 하늘을 날아 거리에 따라 줄을 쳐둔 모래사장에 떨어졌다.

9개는 원하는 위치에 떨어졌지만 4개는 다른 위치에 떨어졌다.

"아직도 거리 감각을 제대로 못 재는 병사가 있나! 포탄 한 발이 얼마인지나 아나? 무려 100금이야, 100금! 자그마치 너희 2년 치 연봉에 가까워. 맞히면 보너스 5금! 못 맞히면 월급 5금! 잊지 말도록. 한 발 한 발에 너희들 월급이 달려 있다."

"예! 썰!"

"오케이! 다시 연습한다. 모두 포탄 들고 제 위치로!"

"제 위치로!"

병사들은 열심히 연습용 포탄을 가지러 뛰어갔다.

두터는 뛰어가는 병사들을 보며 흐뭇하게 웃었다.

평범하기 이를 데 없는 그에게 자를 잰 듯한 거리 감각이 있을지 어떻게 알았겠는가.

덕분에 스무 명의 병사를 이끌게 됐고 월급도 두 배 이상 올랐다. 직위도 백부장급이다.

'흐흐흐! 왈트 녀석, 부러워하는 꼴이란.'

하루아침에 지위가 뒤바뀌었다.

훈련은 계속됐다.

다른 병과들은 각자의 위치에서 감시 중이었지만 새로 생긴 곳답게 훈련은 반드시 필요했다.

"30분간 휴식!"

해 쨍쨍한 해안가에서 2시간 훈련을 하고 나니 다들 녹초가 되었다.

시원한 나무 밑에서 쉬고 있을 때였다.

에에에에에에엥!

해안 끝에 위치한 언덕의 초소에서 발생한 경고음이 해안가에 울려 퍼졌다.

슈웅! 쾅!

막 나타난 배에서 마법이 발사됐고 정통으로 초소에 직격했다.

다행히 눈치가 빠른 초소 병사는 초소에서 뛰어내렸다. 높이를 생각하면 다치기야 하겠지만 죽지는 않았을 것이다.

검은 드레고니안 깃발을 단 여덟 척의 배가 해안을 따라 올라오고 있었다.

"미쳤군. 바다 건너 보폴스까지 전쟁에 참여한 건가?"

기사 중 한 명이 아연한 목소리로 중얼거렸다.

실제 적이 나타났다는 외침에 두터도 잠시 정신을 놓고 있었다.

그러나 곧 정신을 차렸다.

'발칸이나 보폴스나, 적이라면 없애면 그만이야.'

두근거리는 심장을 느끼며 포탄병들에게 외쳤다.

"포탄병들은 모두 나를 따르라! 지원병들 역시 포탄 상자를 들고 따라와라!"

두터는 배가 다가오는 쪽으로 뛰어갔다.

거리가 250미터 정도 가까워지자 멈춰 섰다.

"포탄 배분! 각 조 위치로. 1조는 나와 함께 맨 앞의 배를 노린다. 2조는 보고 있다가 침몰시키지 못하면 지원. 침몰하면 두 번째 배를, 3조는 역시 지원 혹은 세 번째 배를 노린다."

그는 빠르게 명령을 내렸다. 며칠간 빡세게 돌린 훈련의 효과일까, 빠릿하게 움직였다.

2조 병사 중 한 명이 넘어지긴 했지만 그 정도 실수는 눈감아줄 만했다.

각 조가 자리를 잡자 지원병들이 상자를 열어 포탄을 포탄병들에게 분배했다. 이어 뒤늦게 쫓아온 방패병들이 혹시 모를 위험에 대비해 배치됐다.

"다들 침착해. 놈들은 신무기에 대해 모른다. 일단 3개의 배가 사정거리 안에 들어오기 전까지 참는다."

두터는 비장 어린 목소리로 말했다.

근데 약간 김빠지는 소리가 들렸다.

"어, 저 사람은 누군데 저렇게 유유자적입니까?"

병사의 말에 옆을 보니 웬 청년이 느긋하게 서 있었다.

말을 들었을까, 청년이 말했다.

"난 신경 쓰지 마시고 계속 지휘하세요."

기사단도 가타부타 말이 없는 걸 보니 척 봐도 행동거지가 귀족이다.

'신무기를 구경 나왔나 보지.'

곧 신경을 껐다.

해안에서 조금 떨어진 곳에 진형을 짜고 있어서인지 배들은 빠르게 사정거리 안으로 들어왔다.

"1조 120미터. 나부터 2초 간격으로 발사!"

슝! 슝! 슝! 슝! 슝!

두터가 쏜 포탄을 시작으로 네 발의 포탄이 순차적으로 날아갔다.

팍!

첫 번째 포탄이 배에 직격했다. 그 순간 사과를 한 입 깨물듯이 배의 일부가 원형 모양으로 파였다.

파파파팍!

한 발이 살짝 사정거리에 못 미쳤지만 폭발력이 9미터인지라 앞부분을 날려 버렸다.

배 한 채가 순식간에 뼈다귀(?)만 남기고 사라져 버렸다.

우와아아아아아!

해안가 전체가 영지병들의 함성으로 가득 찼다.

두터는 들뜰 만도 한데 침착하게 명령을 내렸다.

“2조 나와 함께 2번째 배 120미터, 3조 140미터, 1조 10미터 전진 후 150미터. 왼쪽에서 우측으로 순차적으로 발사!”

네 발 정도로도 충분히 배를 없앨 수 있다고 생각한 두터는 각 조마다 하나의 배를 맡겼다.

다시 치솟는 포탄들. 바다의 투명한 괴수가 배를 씹어 먹듯이 세 척의 배는 포탄을 맞을 때마다 움푹 파였다.

일방적인 학살.

보폴스의 배들도 프링크 영지가 괴상한 마법을 쓴다고 생각하고 배를 돌리려 했다. 그러나 두터는 또다시 그 순간을 노렸다.

또다시 세 척의 배가 포탄에 집어삼켜졌다.

다만 조금 전과 다른 점이 있다면 배에서 마법 기사들이 뛰어내려 해안을 향해 다가왔다.

이번엔 기사단과 근접 병사들이 막을 차례.

보폴스의 기사들은 포탄병을 향해 마법을 날렸다. 그러나 양과 질에서 프링크 영지가 압도했다.

공격을 실패한 보폴스의 기사들은 기사단과 석궁 투척병들의 먹이에 불과했다.

그동안 두 척의 배는 다시 포탄병에게 침몰됐다. 이번엔 예측한 자들이 많았는지 뛰어내린 이가 더 많았다.

다만 그들은 더 이상 싸워봐야 소용없다는 걸 알았는지 항복을 했다.

프링크 영지의 첫 전투는 이렇게 막을 내렸다.

48장
사라진 에리안, 그리고 추적

신무기의 성능은 합격이었다.

한 명도 죽지 않고 8척의 배를 날려 버린 것이다.

물론 '전에 없던 무기'에서 오는 강점이 최대로 발휘된 전투였다. 무기에 대한 정보가 풀리면 효율은 떨어질 게 분명했다.

마법사는 수탄과 포탄을 중간에서 저격할 것이고 군사전략도 바뀔 것이다.

그럼에도 불구하고 신무기는 앞다투어 살 수밖에 없을 만큼 매력적이었다.

시엔은 프링크 영지의 전투 장면을 찍은 화면을 들고 영업에 나섰다.

그리고 플린 왕국을 시작으로 뮤트 제국, 왕국인 된 칸켈국에 대량의 납품 계약을 따왔다.

공장은 쉴 새 없이 돌아가기 시작했다.

초기 판매 금액으로 옆의 저택을 구입해 공장으로 만들고 추가로 2대의 마법진 자동화 시스템을 트린가에서 공급받았음에도 24시간 돌려야 할 만큼 잘 팔렸다.

신무기 덕분이었을까, 전선에 변화가 생겼다.

플린은 동에스란의 수도까지 진격했고, 발칸에게 빼앗겼던 영지를 거의 되찾아 발칸의 영지로 진격을 준비 중이었다.

뮤트 제국은 서에스란의 수도를 제외하곤 모조리 집어삼켰고 메룬 왕국의 국경선을 넘었다.

텅! 텅! 텅!

프레스로 문양을 차례차례 찍고 찍힌 오각형 나무를 일꾼들이 12개의 틀에 끼워 넣었다.

철컹!

틀이 쌈을 싸듯이 오므라들었다 펴지면서 수탄이 만들어졌다. 일꾼들이 손잡이를 끼워 자동으로 움직이는 벨트 위에 올리면 커다란 활성화 마법진 위를 지나가며 수탄이 활성화되었다.

이렇게 만들어진 수탄과 포탄은 상자에 넣어지고 상자엔 만들어진 날짜가 쓰였다.

자동화 공장이라고 해도 일꾼이 아예 없는 것은 아니었다.

규모에 비해 적을 뿐이지 상당수의 일꾼이 공장 안에서 일하고 있었다.

전쟁 중이라 대부분 나이 든 노인과 여자들이었지만 단순노동이라 큰 어려움 없이 해냈다.

뿌웅~ 뿌웅~

한참 일을 하는데 공장 전체에 점심시간임을 알리는 나팔소리가 울려 퍼졌다.

기계들이 멈추자 일꾼들은 일제히 식당으로 향했다.

공장은 경비대들을 제외하곤 텅 비었다.

"시작해 볼까."

높은 베란다에서 식당으로 향하는 일꾼들의 뒷모습을 지켜보던 나는 마나석이 가득 든 가방을 들고 아래로 내려갔다. 그리고 공장 기계와 활성화 마법진의 마나석을 갈아줬다.

내가 일일이 신경을 쓴다면 마나석을 어느 정도 아낄 수 있다. 하지만 그러려면 하루 종일 공장에 붙어 있어야 했다.

즉, 비싼 마나석을 쓰는 대신 시간을 얻을 수 있었다.

30분 만에 마나석을 교체해 준 나는 공장을 나와 저택으로 갔다.

"지금쯤 재미있게 놀고 있겠지?"

젠느와 세 이종족은 뮤트 제국에 놀러갔다.

매 끼니 챙겨줘야 하는 수고도 덜게 되었으니 나로서는 환영할 일이었다.

덕분에 집 안은 쥐죽은 듯 조용했다.

이럴 때 에리안과 오붓한 시간을 보내면 좋을 텐데 에리안 역시 전쟁 중이라 바빴다.

빵과 우유로 점심을 먹은 후 지하로 내려갔다.

저택 옆에 공장을 만들면서 지하는 이제 실험실로 쓰이고 있었다.

엔트 할아버지가 과거에 모았던 책들과 실험 도구들, 시엔이 무기를 팔면서 구해온 각종 책들이 책상 한쪽에 수북이 쌓여 있었다.

책값이 꽤 들어갔지만 버는 돈에 비하면 아무것도 아니었다.

9서클이 되기 위한 첫 번째 노력은 책 읽기였다.

철학, 의학, 수학, 신학, 전설, 신화 등 활자로 되어 있는 것은 닥치는 대로 읽는 중이었다.

공부를 하기 위함이 아닌 독서.

과연 서클을 올리는 데 무슨 도움이 될까 싶지만 뾰족한 수가 없기는 뭘 해도 마찬가지였다.

'재미있기도 하고.'

근 100년 가까운 인생을 살면서 책을 읽은 건 거의 손에 꼽혔다.

책은 하루 벌어 하루를 사는 인생에선 사치였다. 읽지 않아도 사는 데 문제가 없으니 읽을 이유가 없었다.

아우스의 삶을 살면서 아카데미에서 읽은 것이 나머지 9번의 삶에서 읽은 것보다 수백 배가 많을 정도였다.

하지만 아카데미에서 읽은 것은 강해지기 위함이라 대부분 검술과 마법에 관련된 것들이었다.

그에 반해 지금 읽는 것들은 신화나 전설, 이야기 같은 것이 더 많았다.

마지막 장을 넘기며 또 한 권의 책을 읽었다.

"인간은 평등하다는 주장이 담긴 책이니 철학에 놔둬야겠지?"

다 읽은 책만 책꽂이에 꽂았다.

아직까진 꽂은 책보다 안 꽂은 책이 배나 많았다.

다시 푹신한 소파에 앉아 쌓여 있는 책 중 한 권을 잡았다.

"시엔이 칸켈에서 가져온 책인가 보네."

나라마다 책의 표지는 크게 다르지 않다. 다만 칸켈의 책의 경우 독특한 문양으로 만들어져 구분하기가 쉬웠다.

칸켈에서 내려오는 신화를 엮은 책이었다.

라디오를 나오는 노래—전쟁에 대한 선전이나 상황을 설명하는 뉴스가 노래보다 더 많이 나오긴 했지만—를 흥얼흥얼 따라 부르며 책을 읽었다.

…대전사 아라 님께서는 몬스터에 의해 노예로 살아가던 우리들을 위해 신의 언어라 할 수 있는 마법을 알려주셨다. 하지만 언어를 모르는 우리는 그분의 위대한 가르침을 제대로 알아보지 못

했다. 그에 아라 님은 가여운 우리를 위해 언어를 그림으로 가르쳐 주셨다. …(중략)… 신의 언어를 몸에 새긴 우리는 마침내 몬스터를 압도할 수 있었다. 그리고 마침내 몬스터를 몰아내고 자유를 얻어냈다.

"마치 몬스터가 인간을 노예로 부렸던 것처럼 표현을 해놨군. 해석을 잘못한 건가?"

고대 언어 혹은 고대의 그림을 현대에 맞는 언어로 해석하다 보면 간혹 잘못된 표현을 하는 경우가 종종 있었다.

특히나 활자를 이용해 서적을 대량생산하기 이전엔 손으로 옮겨 적는 경우가 많았는데 그런 필사본에서 이러한 오류가 많았다.

"그나저나 신기하게 칸켈족은 아라 님을 전사로 표현을 하는구나."

다양한 책에 언급되는 아라.

때론 치료의 신으로, 때론 미의 여신으로, 때론 배신의 신 등으로 표현됐다.

모습 또한 조금씩 달랐는데 유일하게 일관되는 것은 검은 머리에 검은 눈동자를 가졌다는 것.

"아라 님이 과연 신이었을까? 어쩌면 드래곤족이 아니었을까?"

예전엔 드래곤족이라면 뿔과 날개가 달린 도마뱀을 머릿속에 그랬겠지만 지금은 폴리모프를 할 수 있는 유사 인종임을 알고 있다.

이세계의 지식, 샹카에서 봤던 그림, 대륙의 신화들이 머릿속에서 합쳐지며 아주 재미난 생각이 났다.

아라가 속한 드래곤족은 테라포밍을 위해 행성에 도착한 외계인으로.

얼스 드래곤은 바위로 가득한 행성을 옥토로 만들기 위해 외계인이 만든 생물.

세계수는 행성의 공기를 바꾸기 위한 식물.

이종족은 바뀐 행성에서 곡식을 재배하고 동물을 사육하기 위한 노예.

몬스터는? 인간은?

재미있게 이어지던 상상은 몬스터와 인간이 만들어진 이유를 생각하다가 멈췄다.

그럴싸한 것이 없었다.

"심심했나?"

고민은 길지 않았다.

수천 년, 수만 년 전에 인류가 어떻게 생성되었는지에 대한 고민은 인류학자가 할 일이었다.

그저 그런 책이 있으면 읽어봐야지, 라는 생각만 잠시 들 뿐이었다.

다 읽은 책을 신화로 분류된 책장에 꽂고 다시 다른 책을 접었다.

책 읽기는 시간 죽이기에 최적화되어 있었다.

세 번째 책을 덮고 나자 저녁 먹을 시간이 이미 훌쩍 넘어갔음을 알게 됐다.

"아직 안 왔나?"

에리안의 수정구로 신호를 보내봤지만 연락을 받지 않았다. 그래서 자작의 저택으로 연락했다.

시엔의 얼굴이 수정구에 비쳤다.

"에리안은요?"

—아직 오지 않으셨습니다.

"벌써 사흘짼데 꽤 격렬한가 보군요?"

—저희 플린까지 넘어가면 남북으로 국경이 뚫리는 것이라 그런지 반응이 꽤 거세다고 합니다.

"그제 바룰 산을 넘어 프랭크 백작의 영지 성 앞이라고 하지 않았습니까? 한데 아직도 거길 차지하지 못한 겁니까, 아님 더 밑으로 내려간 겁니까?"

—듣기론 더 내려갔다고 합니다.

"쯧! 욕심이 과했군요."

프랭크 영지에서 더 내려가면 발칸 제국이 넓어지는 지역이다. 자칫하면 세 곳의 영지를 동시에 상대해야 할 가능성이 높았다.

—제 생각도 그렇습니다. 하지만 어쩌겠습니까. 남작님이야

명령에 따를 수밖에 없으니까요.

전선의 책임자가 누군지 대가리를 한 대 쳐버리고 싶다.

현재 플린의 경우 전선이 넓어져 봐야 좋을 것이 없었다. 내려갈 병력이 있으면 차라리 동에스란에서 활동 중인 게릴라들을 소탕하는 게 훨씬 좋았다.

"늦어도 좋으니 돌아오면 연락하라고 전해주십시오."

—알겠습니다. 왕국의 두 8서클 마도사가 함께하고 있다니 너무 걱정 마십시오.

통화를 끝냈지만 얼굴을 펴지 못했다.

문득 불안하다. 걱정이 된다.

기우에 불과하다면 좋겠다. 그러나 미래를 어느 정도 느낄 수 있는 내가 불안하니 그게 또 걱정스럽다.

일부러 거창한 요리를 만들었다.

불안함이 조금 가실까 싶어 이러다 배가 터지겠다 싶을 만큼 먹었다. 하지만 영 신통치 않았다.

책을 읽으면 나을까 싶어 책을 집었다.

활자가 눈에 들어오지 않는다. 페이지는 넘어가는데 앞부분이 무슨 내용인지 모르겠다.

"…가볼까?"

시간이 지날수록 불안함은 더욱 커졌다.

지금까지 전쟁에 대해 모른 척하던 내가 전장을 찾으면 가자미눈을 하는 사람들이 있겠지만 상관없다.

무사하다면 애인 만나러 왔다고 하면 된다.

탁!

책을 덮고 일어났다.

막 마나를 일으키려 할 때 수정구가 삐잉삐잉 소리를 내며 깜빡거렸다.

마나를 주입하자 시엔이 나타났다.

'젠장!'

표정만 봐도 뭔 일이 일어난 게 분명했다. 나도 모르게 인상을 와락 구겼다.

—아우스 경! 에리안 남작님이 사라진 것 같습니다.

"…자세히 말해보세요."

날뛰려는 마음을 잡고 머리는 차갑다고 느낄 정도로 가라앉혔다.

—혹시나 싶어 전장 쪽으로 연락을 했더니 이미 한 시간 전에 전투를 끝내고 이동을 했답니다.

"이동을 했는데 도착을 하지 않았다?"

—예! 남작님 다음으로 텔레포트 마법진을 이용했던 베트랭 공작님께 연락을 했는데 그쪽도 도착을 안 했다고 합니다.

마법진이 다른 곳으로 보내 버린 모양이다.

'도대체 마법진을 어떻게 관리했기에……!'

"지금 그곳 전장의 책임자는 누굽니까?"

—알베루 백작님이십니다. 한데 타칸 후작님도 계신다고 들

었습니다. 타칸 후작님은 알베루 백작님과 한잔한다고 남으셔서 피하신 것 같습니다.

"위치는요?"

—울츠 영지랍니다.

울츠 영지는 프랭크 영지와 접한 세 영지 중 하나로 차지하기에 가장 무난한 곳이었다.

물론 가장 무난하지 결코 지키기가 쉽다고 말하는 건 아니다. 역시 세 개의 영지와 접해 있고 그들의 공격에 버텨내야 하는 위치였다.

"제가 가서 알아보고 연락하죠."

—조심하십시오.

수정구를 끊고 바로 마나를 일으켰다.

예전 상인일 때도 서커스 단원일 때도 들른 적이 있어 이동에 제약은 없었다.

'아예 성 위로 이동한다.'

성의 100미터 위를 생각했다. 마법 방어진이 있다고 해도 100미터 위까지 영향을 미치는 마법진은 황성이나 왕성뿐이다.

이동하려는 하늘에 새가 날고 있다면 실패하겠지만 그럴 확률은 거의 없었다.

파앗!

빛과 함께 지하 실험실에서 별과 달빛이 가득한 하늘로 이동했다.

쿠웅!

이동하자마자 느껴지는 대기의 진동.

전투가 끝났다고 생각했는데 진행 중이었다.

하나 병사들의 전투가 아니었다.

어마어마한 대검이 땅을 후려치며 양쪽에서 다가오는 마법을 갈랐다.

'타칸 후작!'

8서클인 타칸 후작이 전장을 압도하며 이기고 있는 것이 아니었다.

지금 그는 여기저기 상처를 입고 멋들어진 수염까지도 절반쯤 그을린 꽤나 엉망인 상태였다.

상대가 두 명의 8서클 마도사이니 어쩌면 당연한 결과일지도.

상황 파악은 순식간에 이루어졌다. 그리고 전투가 한창인 곳으로 몸을 날렸다.

에리안이 걱정되긴 했지만 일에는 순서가 있었다.

재수 없게 타칸 후작이 쓰러지면 두 마도사를 내가 상대해야 했다.

"빌어먹을! 첩자가 있어."

타칸 후작은 빠르게 날아오는 마법을 피하며 중얼거렸다.

에리안과 베트랭 공작이 어디론가 사라졌다는 걸 눈치채자마자 기다렸다는 듯 쳐들어왔다.

어마어마한 대군을 끌고 왔다면 복수하기 위해 왔다고 생각하겠지만 병사는 많지 않았다. 그리고 언제나 뒤에서 서로 눈치만 보던 8서클 마도사가 바로 전장에 나섰다.

8서클 마도사는 웬만해선 전면에 나서지 않았다.

병사들의 싸움에서 밀리면 영지가 함락된다고 해도 그냥 물러났다.

수도가 밀릴 상황이라면 모를까, 어설프게 나섰다가 죽기라도 하면 그땐 정말 걷잡을 수가 없었다.

가령 숨겨둔 다섯 명의 8서클이 있다고 해도 저쪽에서 여섯, 혹은 일곱이 있을 수도 있었다. 그러니 서로 조심할 수밖에 없었다.

한 나라를 집어삼키느라 8서클 마도사의 숫자가 줄면 그땐 다른 나라의 먹이가 될 수도 있었다.

그래서 전쟁이 시작된 지 꽤 오래됐지만 8서클 간의 싸움은 견제 수준으로 잠깐씩 일어날 뿐 오늘처럼 직접 붙는 경우가 없었다.

동에스란의 거의 모든 영지를 차지하고도 수도를 공략하지 못하는 것도 이런 영향이 컸다.

이렇게 여러 가지 상황을 고려해야 함에도 발칸에서 두 명의 8서클 마도사를 보냈다?

베트랭 공작과 에리안이 사라진 걸 안 것이다.

물론 두 사람이 어디론가 사라졌다고 무작정 덤벼든 것은 아닐 것이다.

마법진을 통해 사라졌기에 플린 입장에선 마법진으로 8서클 마도사를 보낼 수 없었다.

그럼 직접 이동을 해야 하는데 현재 위치가 발칸의 영역. 한 번이라도 이곳 울츠 영지에 와봤던 사람만 올 수 있다는 얘기였다.

없다면?

가장 가까운 영지로 텔레포트해서 뛰어와야 한다는 얘긴데 그때는 이미 늦는다. 최악의 경우 각개격파당할 수도 있었다.

'있어도 문제지. 분명 저 둘이 끝이 아냐.'

적어도 셋이 동시에 오면 모를까, 한두 명이 더 대기하고 있을 가능성도 배제할 수 없었다.

발칸의 이번 공격은 다양한 변수들을 계산하고 찔러온 것이 분명했다.

'얼른 물러나길 기다릴 수밖에 없나?'

현재 울츠 영지엔 수만의 병사와 기사가 있었다.

그들이 조금이라도 빨리 프랭크 영지로 물러나길 바라면서 싸우고 있지만 오래 버틸 수가 없을 것 같았다.

최악의 경우 저들의 목숨을 버리고 도망갈 수밖에 없었다.

그 자신까지 목숨을 잃는다면 전쟁의 추가 급격하게 발칸 쪽으로 기울어지게 될 터.

이러지도 저러지도 못하는 사이 두 개의 마법이 다가왔다.

단순한 파이어 볼과 아이스 애로우처럼 보이지만 8서클의 힘이 담겨 있었다.

피하면 좋겠지만 뒤의 성을 생각한다면 그럴 수가 없었다.

'개새끼들! 저 성안에 있는 건 우리뿐만 아니라 니들 백성들도 있단 말이야.'

전투 중 휩쓸리는 건 어쩔 수 없지만 성을 차지해도 백성들을 죽이지 않는다.

그건 수천 년 전부터 내려온 대륙의 암묵적인 룰이었다.

룰을 지키지 않은 나라도 제법 있었다. 그러나 그 나라는 얼마 지나지 않아 망했다.

처음엔 강력한 힘에 의해 망했지만 지금은 전 대륙의 민중이 용서하지 않아 망했다.

가장 가까운 예가 300년 전 동대륙의 델토 왕국.

공포로 대륙을 정복하려던 그는 자국민에 의해 폐위되고 목이 잘렸다.

주변국은 한목소리를 냈을 뿐이었다.

델토 왕국의 국민은 살려두지 않는다는.

병사들이 죽을 걸 알면서도 창검을 손에 쥐고 전장에 나가는 이유는 왕의 명령 때문이기도 하지만 지켜야 할 사람이 있기 때문이었다.

누가 왕이고 어느 나라에 속하는지는 중요하지 않았다. 한데 델토 왕국민이면 다 죽인다?

무기를 거꾸로 쥐기에 충분했다.

"하압!"

타칸 후작의 거대한 투명 검이 위로 솟았다가 아래로 떨어졌다.

한 번의 내려침이지만 떨어지기 직전 두 개로 나눠지며 화염 마법과 얼음 마법을 잘랐다.

꾸아아아앙!

거대한 폭발과 함께 두 마도사의 마법은 사라졌다. 그러나 폭발의 여파로 한쪽 공기는 뜨거워지고 다른 한쪽은 차가워진 채 몸을 때렸다.

'젠장! 한 놈이라면 찢어 죽여 버렸을 텐데.'

8극천의 일인인 그지만 둘을 상대하긴 힘들었다.

이제 정말 몸을 뺄 때였다. 조금 더 지나면 몸을 빼는 것도 불가능할 터였다.

그때 누군가가 성 위로 텔레포트했음이 느껴졌다.

적이라는 생각에 등골이 오싹해질 만큼 놀랐다. 그러나 마나를 느끼는 순간 안도했다.

아우스였다.

전쟁에 참여하지 않겠다는 놈이 에리안이 사라지자 단숨에 달려왔다.

'한 명만 잠깐 붙잡아줘.'

일대일이라면 10분 안에 한 명을 잡을 자신이 있었다.

굳이 딜리버리를 사용하지 않아도 됐다.

그는 이미 얼음 계열 마법사를 향해 몸을 날리고 있었기 때문이다.

타칸이 보기에 아우스는 괴물이었다.

악몽의 숲에서 보았을 땐 7서클이었는데 몇 달 지나지 않아 8서클이 되어 있었다.

8극천 12패왕에 비해 약하긴 했지만 몇 년 만 지나면 같은 반열에 오를 것임이 분명했다.

'속전속결이다!'

또 다른 8서클 마도사가 붙을 때를 대비해 숨겨두고 있었던 힘을 개방했다.

도망가기 위해 남겨둔 것이지만 발칸 쪽에서 새로운 마도사가 오기 전에 팔이라도 하나 잘라둬야 했다.

거대한 검이 몇 개의 검으로 쪼개지며 작아졌다.

일대일인데 굳이 검을 크게 만들 필요가 없었다.

쾅! 쾅! 쾅!

좀 전보다 화려함은 덜하지만 훨씬 살벌한 싸움이 양쪽에서 이루어졌다.

수십 개의 작은 마법이 오고 갔지만 부딪힐 때마다 대기가 흔들리는 건 착각이 아니었다.

다섯 개의 검과 수십 개의 바람의 칼날 중 하나가 기묘하게 움직이며 발칸의 화염 마법사, 베르타툰 백작을 향해 파고들었다.

커지는 동공, 낭패 어린 표정.

파악!

피가 튀었다.

'얕았어.'

베르타툰은 이미 뒤쪽으로 블링크를 한 상태였다.

다시 따라붙으려 할 때였다. 발칸 제국 방향에서 거대한 기운이 다가왔다.

'역시 한 명이 더 있었어. 아우스가 버텨줄 수……!!'

"…홀트 백작이……."

베르타툰 백작 역시 옆구리를 치료할 생각도 하지 않고 중얼거렸다.

짧은 시간 동안 무슨 일이 있었을까. 홀트 백작은 피를 내뿜으며 뒤로 날아가고 있었다. 그리고 땅으로 떨어지는 그를 향해 아우스는 여러 가지 마법을 연속으로 꽂았다.

두두두두두둥!

거대한 북을 두드리는 듯한 소리.

홀트 백작은 정신은 잃지 않았는지 중첩 프로텍트을 두르고 있었는데 그것이 없다면 이미 가루가 되었을 것이다. 하지만 연속된 공격에 중첩 프로텍트도 서서히 깨져 나가고 있었다.

불행히도 또 다른 8서클 마도사가 도착을 하면서 홀트 백작의 수명은 늘었다.

'잘만 하면 잡을 수도…….'

영문은 일단 뒤로 미뤘다.

아우스가 새로 온 마도사까지 붙잡아둘 수 있다면 전세는 역전될 수 있었다.

다시 베르타툰과 붙었다. 한데 그는 갑자기 방어적으로 돌변했다.

"오크보다 못한 새끼들!"

나이와 직위답지 않게 욕이 튀어나왔지만 발칸의 마도사들로서는 당연한 행동이었다.

아우스가 걱정이 돼서 싸우는 도중 그의 상태를 살폈다.

홀트 백작이 다쳤다고 하지만 놀랍게도 이 대 일임에도 우위를 점하고 있었다.

'미친! 내 수준? 아니, 더 윈가?'

움직임은 그가 따라잡기 힘들 만큼 빨랐고 마법의 생성 속도는 기이할 정도로 빨랐다.

트리즌 영지에서 봤을 때보다 더 강해진 것 같았다.

아무리 낮게 봐도 그 자신의 수준.

으득!

자존심이 상했다. 자괴감이 들었다.

주변의 마나가 그의 생각에 반응한 듯 거칠게 휘몰아쳤다.

그리고 마나들이 촉수처럼 뭉쳐서 흐느적거렸다.

그 자신을 8극천의 일인으로 만든 마법, 루츠오브갓.

신의 뿌리란 뜻으로 지정한 영역 안의 모든 마나가 뿌리, 촉수가 되어 적을 공격하는 암흑 계열의 궁극 마법이었다.

베르타툰 백작 역시 타칸 후작의 궁극기를 알기에 몸을 뒤로 빼려 했지만 생각보다 행동이 빠를 순 없었다.

재빨리 방어막을 펼쳤다.

"루츠오브갓!"

타타타타타타타타당!

촉수가 방어막을 두드렸다. 그리고 일부는 방어막에 붙어 녹여갔다.

첫 번째 방어막이 순식간에 뚫렸지만 베르타툰 백작이 할 수 있는 일은 거의 없었다.

파직! 콰직!

최후의 보류라 할 수 있는 프로텍트마저 부서지기 일보 직전. 베르타툰 백작은 뾰족한 촉수가 심장으로 오는 것을 보고 몸을 틀었다.

쩡! 슈웅!

"큭!"

어깨를 관통하는 촉수.

베르타툰 백작은 이를 악물었다.

이대로 가면 죽는다고 생각하자 마나를 아끼고 있을 여유가 없었다.

베르타툰 백작의 몸에서 새파란 불길이 일어났다. 다가오는 촉수가 불길에 닿자마자 녹아 사라져 버린다. 그러나 촉수들은 언제까지 녹일 수 있느냐는 듯 끊임없이 생성되어 날아왔다.

[홀트 백작, 아무래도 버티기 힘들 것 같소.]

강력한 만큼 마나 소모는 역시 막대했다. 1분을 넘기진 못할 터였다. 그래서 급하게 홀트 백작에게 귓속말을 보냈다.

얼음 계열 마법을 주로 쓰는 홀트 백작의 궁극기는 엉뚱하게 공간 마법이었다.

전투보단 안전을 더 우선으로 하는 그의 성격 때문이었는데 최대 다섯 명을 반경 2킬로미터 이내로 보낼 수 있었다.

[크! 여기도 위험하긴 마찬가지요. 후작님과 함께 본부로 이동하겠소이다. 5, 4, 3……]

타칸 후작은 촉수를 녹이는 화염이 계속 지속되지 않을 거라 생각했다. 그래서 풀리는 즉시 온몸에 구멍을 뚫으려는 듯 공격을 이어갔다.

아우스 역시 두 명의 마도사를 쓰러뜨리기 직전까지 몰아가고 있었다.

'이겼다!'

타칸 후작은 승리를 확신했다.

그러나 샴페인을 너무 일찍 터뜨린 모양이었다.

일대의 마나를 완전히 통제하고 있었는데 그것을 뚫고 이상한 기운이 베르타툰 백작을 감쌌다.

팟!

베르타툰 백작은 사라지고 촉수는 빈 공간을 찔렀다.

"하……?"

허탈함에 김빠진 소리가 자신도 모르게 나왔다.

아우스은 허탈함보다 뭔가 이상하다는 듯 고개를 갸웃거리며 다가왔다.

"신기한 수법이네요."

"홀트 백작이 얼음 계열이 아닌 공간 계열의 수법을 가지고 있을 줄이야. 아무튼 와줘서 고맙네. 그나저나 못 본 사이 실력이 늘었군?"

"강해지지 않으면 안 될 이유가 있었습니다."

"차원의 틈에서 말인가?"

"그렇죠."

"나도 꼭 가보고 싶군."

진심이었다. 강해질 수만 있다면 차원의 틈이 아니라 그보다 더한 곳도 갈 수 있었다.

"이제 가도 소용없습니다. 잘못하면 죽을 때까지 갇혀 있어야 할 겁니다."

"강해지는 원인이 제거된 건가?"

"원인이 대륙으로 나왔죠. 한가해지면 뮤트 제국으로 가서 베네툭 백작을 찾으십시오."

"12패왕의 그 베네툭? 그가 차원의 틈에 있었나? 어쩐지 한동안 안 보인다 했더니."

"네. 장담하건대 몇 달만 같이 있으면 확실하게 강해지실 겁니다."

두 사람이 성으로 돌아가는 사이 도망가듯 움직이던 이들도 울츠성으로 돌아오고 있었다.

"에리안과 베트랭 공작이 사라진 것에 대해 알아보셨습니까?"

아우스는 성에서 시선을 떼지 않고 물었다.

"아니, 상황을 제대로 파악하기도 전에 놈들이 왔네. 발칸과 연관이 있을게 분명해. …미안하네."

발칸과 연관이 있다면 전쟁 중이니 조사에 한계가 있을 게 빤했다.

"…범인 잡기를 포기하신 겁니까?"

"그게 아니라 힘들지도 모른다는 얘기지."

"혹시 알베루 백작님과 잘 아십니까?"

"물론. 알베루 역시 도우 마탑 출신이거든."

"그럼 한 가지 부탁을 드려도 되겠습니까?"

"뭔데? 오늘 신세를 졌으니 웬만한 부탁은 다 들어주도록 하지."

"수사권을 주십시오."

"직접 조사하겠다고?"

"방법이 있으면 따르겠습니다."

"넌 방법이 있고?"

"이제부터 알아봐야죠."

곰곰이 생각하던 타칸 후작은 성문에 다 이를 때쯤 입을 열었다.

“수도에서 수사 팀을 보낼 가능성이 높아. 그 전까지는 너에게 맡기지.”

“좀 과격할지도 모릅니다.”

너무 날뛰지 말라고 말하려던 타칸 후작은 말을 속으로 삼켰다. 사실 전부를 뒤엎어서라도 두 사람을 구할 수 있다면 이익이었다.

* * *

근 100년을 살면서 삶이 전쟁이라고 생각했던 적이 적어도 열 번 이상은 있었다.

하지만 직접 보고 나니 ‘힘겨운 삶이었다’ 정도로 표현하면 적절하다는 생각이 들었다.

대지에 스며든 피와 공기 중에 떠도는 피 냄새, 살이 타는 냄새, 하늘을 가득 채운 수많은 죽음이 뿜어낸 암울하고 악의 가득한 감정은 나까지 덩달아 악의를 뿜어내게 만들었다.

‘성질 같아선 저 기분 나쁜 마나를 싹 걷어내고 없애 버렸으면 좋겠네.’

새벽이 다가오며 어둠이 사라지고 있는 하늘을 보던 난 탁한 마나의 기운에 인상을 찌푸렸다.

밤사이 두 번이나 점령지 정비를 하느라 연신 바쁘게 지나가는 병사들도, 기사들도 꽤나 지쳐 보인다.

발칸의 프랭크 영지와 울츠 영지를 얻었지만 그보다 더 큰 피해를 봐서일까, 표정들이 어둡다.

한 무리의 병사들이 지나가고 난 후, 일이 거의 마무리되었는지 오가는 이들이 확연히 줄었다.

그리고 잠시 후, 헐레벌떡 한 무리가 배낭을 잔뜩 짊어지고 뛰어왔다.

"헉헉! 미, 미안합니다. 통신망을 설치하느라 늦었습니다. 마법 지원부의 힐딘 준남작입니다."

"사건을 조사하게 된 아우스입니다."

"후작님께서 최대한 협조하라고 하셨습니다. 어떤 게 필요하십니까?"

"지난번 이곳에 마법진을 설치하셨다죠?"

"네."

"그럼 그때처럼 그대로 설치해 주십시오. 살펴보는 건 그 후로 하죠. 최대한 빨리 부탁드립니다."

여유롭게 행동하고 있지만 마음은 전혀 여유롭지 않았다. 당장에라도 멱살을 잡고 질문에 답하라고 소리치고 싶었다.

하지만 그래봐야 빨라질 것이 없었다. 아니, 그렇게 믿고 싶었다.

커다란 텐트가 쳐지고 그 안에 마법진이 그려진 천인지 가

죽인지 모를 것이 펼쳐졌다.

마나석까지 고정하고 몇 가지 장치를 더 설치한 후에야 마법 지원부의 작업이 끝이 났다.

"다 됐습니다."

"어젯밤 그대롭니까?"

"네."

손을 뻗어 마법진의 흡입부에 마나를 밀어 넣었다.

텔레포트 마법진이 머릿속에 그려졌다.

"위치를 조절하는 건 그 금속판입니까?"

가죽 위에 놓여 있는 금속판을 보며 물었다.

"예."

"다른 곳에서 조절할 수 있는 방법은요?"

"없습니다. 이동할 때 저희가 위치를 지정하는 방식이라 실수가 있을 수도 없고요."

힐딘은 확신하는 듯 목소리에 힘이 있었다.

"혹시 에리안 남작의 이동 전후로 이곳에 누군가가 온 적이 있습니까?"

"아뇨, 없었… 나 없을 때 혹시 온 사람 있었나?"

없다고 말하려던 힐딘은 부원들에게 물었다.

"글쎄요. 아까 낮에 오리트 백작가의 기사단장이 보브 남작께서 밀레를 찾아온 걸 빼곤……. 하지만 기사단장도 이곳에 들어오진 않았습니다."

"예예, 밖에서 만났습니다."

밀레라는 마법사가 고개를 끄덕이며 동의했다.

이곳에서 알아볼 것은 더 없었다.

이미 어떻게 에리안과 베트랭 공작을 다른 곳으로 보냈는지 충분히 알게 됐다.

'응용부에 좌표를 교란하는 물건을 설치했겠지.'

다른 건 다 이상이 없었다. 오직 하나, 마법진에 응용부를 연결할 수 있는 라인이 하나 살아 있었는데 그곳에 뭔가를 놔뒀을 것이다.

"확인 끝났습니다. 이상이 없네요."

"휴우~ 그렇죠?"

힐딘은 안도의 한숨을 쉬었다.

그러나 말은 끝까지 들어봐야 하는 거다.

"한 명을 제외하곤 말이죠."

"네?"

"…예? 컥!"

힐딘 말고 밀레가 놀랐다. 그러나 그는 놀란 모습 그대로 앞으로 꼬꾸라졌다.

"무, 무슨……?"

"밀레가 범인일 가능성이 높습니다. 제가 보브를 잡을 때까진 이곳에서 한 발도 움직이지 마십시오."

힐딘은 당황한 기색이 역력했지만 더 이상의 설명을 하지 않았다.

그저 기절한 밀레에게 다가가 그의 입안을 열어 이의 색깔과 다른 조그만 캡슐을 꺼냈다. 그리고 다시 중단전과 하단전 부분을 강하게 쳐서 망가뜨렸다.

"보브가 머무는 곳을 아십니까?"

"귀족님들의 숙소는 저택입니다."

난 투명 손으로 밀레를 결박한 채 저택으로 갔다.

사실 그들이 도착했을 때부터 밀레가 범인임을 눈치채고 있었다.

그는 검은 마나를 가지고 있었다.

'흑마법사 놈들! 아주 악연이야, 악연.'

주인이 바뀐 저택의 하인에게 보브가 있는 곳이 2층임을 듣고 올라갔다.

쿠당탕탕!

"쿨럭! 도, 도대체 네놈은 누구기에… 크윽!"

검은 마나를 가지고 있다는 걸 확인하자마자 놈의 중단전과 하단전을 후려쳤다.

6서클이라 예전처럼 자폭이라도 하면 저택이 날아갈 수 있었기에 손속엔 인정이 없었다.

쓰러진 그에게 바로 다가가 턱을 붙잡고 입안에 있는 캡슐을 제거했다. 그것도 부족해 아직 빛을 내고 있는 하단전에 다시 주먹을 꽂아 기절시켰다.

"…이게 무슨 일인가?"

술을 먹고 한숨 자다가 일어났는지 부스스한 타칸 후작이 입을 열자 술 냄새가 풍겼다.

마나 기운을 느끼고 급하게 왔는지 잠옷 차림이었다.

"범인을 잡고 있는 중입니다."

"보브 경이 범인이라고? 저자는 누군가?"

기절한 채 둥둥 떠 있는 밀레를 보곤 인상을 찌푸렸다.

"저자 역시 범인 중 한 명입니다."

"…확신하는가?"

"예, 신문할 수 있는 곳이 필요합니다."

"지금 말인가?"

"한시가 급하니까요."

"정원의 우측에 지하 감옥이 있네. 내가 따라가도 되겠는가? 아! 보브 경의 경우 남작이라 심사관이 필요하다네."

"그래주시면 좋죠. 대신 옷은 갈아입고 오십시오."

수염이 북슬북슬한 남자가 길고 예쁘장한 원피스 같은 잠옷 입고 있는 건 정말 보기 싫었다.

"아! 이건 말이야, 얼마 전 새로 얻은 부인이……!"

말을 하던 그는 아차 싶었던지 얼른 입을 막고 자신의 방으로 가버렸다.

나이도 많은 양반이 힘도 좋아.

둘을 둥둥 띄워 지하 감옥으로 향했다.

비어 있을 줄 알았는데 병사가 근무를 서고 있었다.

"영지에서 범죄를 저질렀던 자들을 함부로 풀어줄 수가 있어야 말입죠. 완전히 왕국의 영지로 편입되면 그때 죄상을 안 후에 광산 같은 곳에 보냅죠."

마흔쯤 되어 보이는 병사가 계단을 내려가며 설명했다.

지하 감옥에는 꽤 많은 이가 갇혀 있었는데 냄새가 마나 광산의 그것과 비슷했다.

"저 끝을 쓰시면 됩니다. 혹시 필요한 게 있으면 불러주십쇼."

다행히 비어 있는 곳도 있었는데 그 옆에 고문실도 있어 취조를 하기엔 딱이었다.

두 명을 안에 넣어놓고 타칸 후작이 오길 기다리며 감옥 앞 복도를 서성였다.

그때.

"…혹시, 존슨… 단장?"

"…어?!"

마나등이 비추는 철창 쪽으로 다가온 사내가 기억하기 싫은 과거의 이름을 불렀다.

짧은 콧수염에 작은 키, 얼굴이 꼬질꼬질하고 엉망이긴 하지만 모를 수 없는 얼굴이었다.

"펜딕!"

발칸 제국 지론 남작가의 펜딕이었다.

"전쟁에 참여했습니까?"

"귀족가에서 일부의 기사단과 병사를 차출했어. 그래서 참여하게 됐고."

"근데 왜 감옥에 있는 겁니까?"

"이 빌어먹을 밝은 귀 때문에 이렇게 됐지. 쓸데없는 걸 들었거든. 다행히 술 먹고 행패 부리는 시늉을 해서 갇히는 걸로 끝났지만 말이야."

"잠시 후에 꺼낼 줄 테니 조용히 있어요."

타칸 후작이 내려오고 있었기에 대화를 멈췄다.

"험험! 시작하지."

잠옷을 때문인지 그는 헛기침을 하며 내려왔다.

밀레는 계속 잠들게 해놓고 보브를 철장에서 꺼내 고문실로 데리고 갔다.

"…고문을 할 건가?"

"순순히 입을 열면 필요 없겠죠."

한시가 급했기에 그를 깨웠다. 자살을 하지 못하도록 혀에 마나막을 씌우는 수고를 해야 했지만 그 정도 컨트롤은 쉬웠다.

"…이게 무슨 짓입니까? 타칸 후작 각하, 전 왕국의 귀족입니다. 정식으로 재판을… 아악!"

벽에 걸려 있던 도끼가 날아가 보브의 허벅지에 박혔다.

타칸 후작은 움찔했지만 내 기세가 워낙 강하니 일단 지켜보자는 입장인 듯했다.

"몇 가지 물어볼게. 지금까지의 꼬락서니를 보면 세뇌가 되어 있을 테니 배후 같은 것은 묻지 않을게."
"…크으. 누, 누구이기에 날 이렇게 대하는 거요. 난… 큭!"
이번엔 꼬챙이가 날아 그의 어깨에 꽂혔다.
"여기 있는 물건들을 몸에 다 박히는 걸 느끼고 싶으면 계속 입 열어. 네가 할 수 있는 말은 한 가지 질문에 대한 답뿐이야."
"…타칸 후작 각… 으아악!"
박혀 있던 도끼가 시계 방향으로 비틀렸다.
"난 관대해. 힐링! 힐링!"
도끼는 계속 돌며 살을 찢었고 힐링은 그것을 아물게 했다.
고문실은 비명으로 가득했지만 피 냄새로 가득 차거나 하진 않았다.
한바탕하고 나서야 보브는 함부로 입을 열지 않았다.
"이제야 질문을 할 수 있는 분위기가 됐네. 묻지. 좌표를 뒤틀 수 있는 장치는 어디 있어?"
움찔!
"무, 무슨 말인지… 크악!"
"정말 머리를 왜 달고 있는지 모르겠네."
톱이 그의 어깨에 박혔다. 그리고 슬금슬금 앞뒤로 움직였다.
"간단히 다시 설명해 줄게. 네가 정식으로 재판을 받고 싶으면 내 질문에 답해. 난 내가 필요한 걸 듣기만 하면 더 이상 괴롭히는 일도 없을 거야. 치료까지 해주지. 이해했나? 다시 묻지. 좌표를 뒤틀 수 있는 장치는 어디 있지?"

보브는 눈을 돌리며 생각에 빠졌다.

재고 있는 것이리라.

일단 내버려 뒀다. 1분 정도는 참을 수 있다. 물론 1분을 넘어가면 곤란했다.

1분이 넘어갔다.

"안 되겠군. 일단 사지를 잘라내고 다시 얘기하도록 하지. 난 너희가 이해가 안 돼. 무슨 영화를 누릴 거라고 입을 닫고 있는 건지. 어차피 죽으면 끝인데."

"……!!!"

"걱정 마. 붙여는 놓을게."

"으악! 침대 봉 홀에 있소! 오른쪽, 오른쪽 봉에."

"좋아. 없으면 다시 깼을 땐 지옥이 기다리고 있을 거야."

약속대로 치료를 해주고 잠을 재운 후 다시 철창에 넣었다.

"꽤 능숙하군."

"뭐가요?"

"신문 말일세. 정말 입을 열 줄이야."

"능숙한 게 아닙니다."

"그럼?"

"정말 자를 생각이었습니다. 그가 알았겠죠. 제가 그럴 놈이라는 걸. 참! 감옥에 있는 자 중 펜딕을 꺼내주십시오."

"그자는 왜?"

"제가 아는 사람입니다."

"수사권을 준 거지 범죄자 석방권을 준 건 아닌 걸로 아는데."

"그래서 부탁드린 거잖습니까."

"크~ 방금 그게 부탁인가?"

더 떠들게 놔뒀다간 밤샐 기세였다.

나는 빠르게 달려가 어지럽혀진 보브의 방에 도착했다. 그리고 그의 말대로 침대를 부수자 주먹만 한 둥근 금속판이 나왔다.

그것에 마나를 불어넣었다.

'정말이지 세상에 똑똑한 놈이 많군.'

응용 마법진은 처음 보는 형태로, 텔레포트 마법이 한 곳으로만 이동되도록 만드는 마법진이었다.

때마침 타칸 후작이 펜딕을 데리고 왔다.

"다녀오겠습니다. 펜딕은 후작님이 잘 데리고 있어주십시오."

"위치를 알아냈나?"

"좌표가 대충 얼음 왕국 비알 근처인 것 같습니다."

좌표는 상응 텔레포트 마법진을 만들기 위한 약속이며 형식에 불과하다.

즉, 비알에 가본 적이 없다면 이동이 불가능하다는 얘기다.

언젠가 연구를 해보고 싶은 부분이긴 하지만 아무튼 지금은 가본 적이 있어야 텔레포트가 가능하다.

다행인 것은 비알의 영지 중 한 곳을 상인을 할 때 한 번 가본 적이 있었다.

"조심하게. 두 사람을 꼭 데려오길 바라네."

"그럴 겁니다."

"나, 나도 같이 가면 안 될까?"

타칸 후작과 말이 끝나자 펜딕이 말했다.

"여기가 불안하면 제가 있는 영지로 가 있어요."

"그래도 돼?"

"후작님, 프링크 영지의 제 집으로 보내주세요."

"어째 계속 명령질을 하는 것 같군."

"부탁입니다만."

"어련하겠나, 쩝!"

떨떠름한 타칸 후작의 뒤로하고 텔레포트를 일으켰다. 연속 두 번은 펼쳐야 목적지에 닿을 수 있을 것이다.

* * *

얼음 왕국, 비알.

땅의 크기로 본다면 제국과 견줄 수 있을 만큼 크지만 인간이 살아가는 곳만을 따지면 공국보다 조금 큰 정도에 불과한 곳.

살아가기 힘들 만큼 혹독하다는 단점은 있지만 대신에 '필요 없는 땅'이라고 인식되어 단 한 번의 외침도 없었다.

물론 한때 제국이었던 에스란에 의해 침범의 의도는 있었다.

그러나 그 의도는 싸움이 일어나기도 전에 군대의 절반이 얼어 죽거나 전투력을 잃게 되면서 좌절되었다.

설령 에스란 제국이 군대를 물리지 않고 영지 하나를 쳐서 얻었다고 해도 결국엔 물러날 수밖에 없었을 것이라는 게 군사 전문가들의 중론이다.

왜냐하면 그 다음 영지는 더욱 안쪽에 위치하고 있었기 때문이다.

비알에서 가장 남쪽에 위치한 도시 크로노.

도시라고 하지만 온통 눈인 곳에 성 하나 달랑 있는 게 다였다. 그러나 썰렁한 외부와 달리 내부는 활기차게 움직이는 사람들이 많음을 거래하는 상인 몇몇을 제외하곤 잘 알지 못했다.

텔레포트 탑을 통한 물자의 이동은 변방의 변방이라고 하는 크로노를 인간이 인간답게 살 수 있는 곳으로 만들어준 것이다.

눈보라가 몰아치는 하늘에서 크로노를 발견한 나는 성문에서 조금 떨어진 곳에 내렸다.

정보를 수집해 봐야 하는데 워낙 좁은 곳이라 몰래 들어가면 곤란한 일이 발생할 수도 있었다.

오가는 사람이 거의 없다시피 해서인지 큰 성문은 닫혀 있고 좌우에 달린 작은 철문만 열려 있었다.

그 철문을 지키는 하얀 털옷을 입은 병사들은 내가 다가가자 눈이 커지며 누군가에게 소리쳤다.

당연했다.

얇은 셔츠에 통이 넓은 바지, 거기에 따뜻한 해변에서나 신을 법한 샌들을 신고 있는 내가 정상적으로 보이진 않을 것이다.

난 적이 아니라는 것 보여주려 조금 떨어진 곳에 멈춰 서서 두 손을 어깨 위로 올렸다.

병사들보다 고급스러워 보이는 털옷과 모자를 쓴 이가 밖으로 나왔다.

"어디서 오시는 누구십니까?"

비알과 플린의 조상은 같다. 그래서 같은 언어를 사용했다.

현재 추위로부터 몸을 보호하느라 얇은 막을 몸에 두르고 있어서인지 기사는 조심스럽게 물었다.

"플린 왕국에서 온 기사 아우스입니다. 베트랭 공작과 에리안 남작의 실종 사건을 수사하는 중인데 잠시 귀성에 머물렀으면 합니다."

프링크가의 신분패를 던져줬다. 그는 병사에게 확인을 하라고 건넨 후 물었다.

"혼자 오셨습니까?"

"네. 이런 복장으로 넘어와야 할 만큼 급했거든요."

"말이 이상하지만 이해가 안 되면서도 되는군요. 성에선 무얼 하실 생각이십니까?"

"일단 복장부터 갖추고 알아볼 것이 있습니다."

"실종이 우리 왕국과 관련되어 있다고 생각하십니까?"

"아닙니다. 제가 쫓고 있는 건 귀국의 천혜의 자연 환경에 숨어 지내는 쥐새끼 같은 단체입니다."

비알의 영역에 들어온 지 사흘째.

첫날 도착하자마자 좌표가 있는 곳으로 달려갔다. 그러나 발견한 건 눈에 파묻혀 있는 나무집과 마법진뿐.

놈들은 마법진으로 이동해 온 두 사람을 잡아 곧바로 다른 곳으로 이동을 해버린 것이다.

다행히 이틀을 소모해 2차로 이동한 곳을 찾았다. 그러나 대기 중이던 두 명의 흑마법사를 죽이며 얻은 건 그들이 움직인 방향뿐이었다.

"가급적 소동을 일으키는 건 자제해 주십시오."

신분패를 돌려주며 기사가 경고했다.

"쥐 죽은 듯 있다가 떠나도록 노력하겠습니다."

호의를 악의로 갚을 생각은 없었다.

가장 먼저 기사가 가르쳐 준 옷가게로 갔다.

"허~ 살아생전에 이곳에서 그런 복장으로 다니는 분을 보게 될 줄은 몰랐습니다, 허허허!"

나이 든 가게 주인은 너털웃음을 지으며 내 몸에 맞는 옷을 권했다.

"플린 왕국 금화도 받습니까?"

"물론입니다. 우리 영지와 가장 크게 거래를 하는 곳이 플린 왕국입니다."

"그럼, 가장 평범한 것으로 주십시오."

주인은 비알에서만 있는 눈꽃 개구리의 피부로 만든 옷과 몬베라는 몬스터의 털옷을 보여줬다.

아까 입구에서 본 병사가 입은 정도로 옷을 갈아입고 나서 밖을 나섰다.

"으~ 추워."

두르고 있던 몸의 기운을 모두 빼자 비알의 추위가 뼈로 스며들었다.

크로노의 최대 수출품이라고 할 수 있는 곧게 뻗은 에움나무를 옮기는 일꾼들을 지나 술병과 술잔이 그려진 가게로 들어갔다.

아직 일과가 끝나는 시간이 아니라 제법 한가했는데 중앙에 위치한 화로와 벽에 화염 요리기를 응용한 불이 실내를 데우고 있어 제법 따듯했다.

여느 사람과 다르지 않은 복장 때문인지 딱히 주목하는 사람은 없어 적당한 곳에 자리를 잡고 앉았다.

활동하기 편하게 털은 없지만 두툼한 솜옷을 입은 꼬맹이가 조르르 달려왔다.

"뭘 드릴까요?"

똑 부러지게 물었지만 그것이 더 귀여웠다.

'참 변하지 않는군.'

상인일 때도 정보 길드와 접촉할 때도 아이가 주문을 받았었다.

"추천 음식 3인분, 몸을 녹일 수 있는 술, 식사 후 쉴 수 있는 방이 필요하단다."

"요리 세 가지에 벵굴로 갔다 드릴까요? 방은 뜨거운 물 포함, 1박에 10실버예요."

"그래주렴. 이건 미리 주는 팁이다."

은화 세 닢을 아이의 손에 올려주었다.

아이는 '에헷!' 하고 웃음 흘리며 고개를 숙인 후 주방으로 갔다.

잠시 후, 곰처럼 생긴 사내가 음식과 술을 들고 나왔다.

"이건 아들놈에게 팁을 준 서비스요."

사내는 요리와 술을 놓고 마지막으로 절반으로 잘린 레몬을 놓았다.

벵굴을 마시고 레몬을 빨면 술맛이 더 좋아졌다.

물론 여기선 정보 길드와 접촉하기 위한 신호였다.

난 고맙다는 말 대신 낮은 목소리로 물었다.

"정보가 필요합니다. 길드와 애기할 수 있을까요?"

"아마도……."

"언제쯤 가능할까요?"

금화 하나를 꺼내 테이블에 올렸다.

"꽤 비쌀 거요."

"상관없습니다. 원하는 정보를 알고 있다면."

"쉬고 있으면 기사님 방에 갈 거요."

"빨리 부탁합니다. 급해서요."

다시 금화를 하나 집어 줬고 그는 별말 없이 챙긴 후 부엌으로 들어가 버렸다.

'오기 전까지 잠깐 쉬어야겠다.'

에리안에 대한 걱정은 시간이 갈수록 커져갔지만 당장 할 수 있는 일은 없었다.

사흘간 잠을 자지 못해서인지 배를 채우고 술을 마셨더니 금세 졸렸다.

목욕물은 필요 없다고 말한 후 침대에 누웠다.

똑똑!

노크 소리에 눈을 떴다. 길게 자진 않은 것 같은데 피곤은 씻은 듯이 사라졌다.

그저 며칠 밤을 샜다는 생각이 피곤하게 느끼게 했을 뿐 아마 몸은 그리 피곤하지 않았으리라.

똑똑똑똑!

거친 노크 소리. 상념에서 깨야 했다.

"들어와요."

말이 끝나기 무섭게 한 명의 평범한 중년이 들어왔다. 방금 보고 고개를 돌리면 잊어버릴 정도다.

"정보를 원하신다고요, 아우스 경."

내 이름을 알고 있다는 것으로 자신이 정보 길드임을 은연중에 내비쳤다.

"수상한 마법사들을 찾습니다."

"범위가 너무 넓은데요. 마법사 중 수상하지 않은 자를 찾는 게 더 쉽습니다."

하긴 공부와 수련을 너무해서인지 마법사는 조금 이상한 편이다.

설명을 더했다.

"간혹 음식을 구하러 이곳에 들렀을 수도 있고, 아님 정기적으로 물건을 받는 곳일 수도 있고. 아무튼 평범하지 않게 행동하는 이들에 대한 정보가 필요합니다."

"그 정도라면 열 손가락 안에 들어가겠군요."

사내는 눈을 위로 뜨며 생각을 정리했다. 그리고 손가락 세 개를 펴며 말했다.

"개당 3금입니다."

좌륵! 좌륵!

두 움큼을 꺼냈다. 대략 40개쯤.

"10분 내로 말해주면 다 주죠."

"…길드에 가는 데만 10분이 걸립니다만."

"20분. 내가 원하는 것이 있으면 10개는 개인의 몫으로 주죠."

"콜!"

그는 콜을 외친 후 바람처럼 사라졌다. 그리고 19분 만에 배낭 가득 종이를 가지고 왔다.

"부, 분류는 금방 해드리겠습니다."

"같이 보죠."

약속은 약속이었으니 금화를 줬다. 그리고 잡다하게 많은 서류를 살폈다.

정말 하찮은 것도 많았지만 정보라는 게 하찮은 것부터 시작된다는 부연 설명에 그저 고개를 끄덕였다.

"이거 보십시오. 경께서 찾는 것과 가장 일치하는 서류입니다."

확실히 정보 길드의 사람답게 많은 서류 중 원하는 것을 빨리 찾았다.

"얼음의 굴?"

"예. 성에서 북동쪽으로 가면 거대한 크레바스가 있습니다. 과거 대륙에서 쫓겨나 크레바스에 굴을 만들어 살았던 자들이 있다는 얘기가 전설처럼 떠돌고 있는데 언제부터인가 그들의 후손이라는 자들이 다시 살고 있다더군요. 간혹 그들이 성으로 와 필요한 것들을 사가곤 합니다."

"확인해 봤습니까?"

"저희는 정보만 모으니 위험한 일은 하지 않습니다."

좋은 생각이다. 괜스레 염탐을 한다고 해봐야 길드가 망하는 지름길이다.

그 외에 여덟 가지의 수상한 점을 담은 서류를 읽어봤지만 얼음의 굴보다 더 의심이 가는 곳은 없었다.

10개의 금화를 꺼내줬다.

"감사합니다, 손님. 앞으로도 저희 길드를 이용해 주십시오."

"참! 한동안 먹을 식량과 생활용품들이 필요한데 어디서 구할 수 있습니까?"

"서비스로 안내해 드리죠."

마다할 이유가 없었다. 얼른 짐을 챙겨 일어났다.

쉬이이이잉~

칼날같이 차가운 바람이 몸을 때리고 지나갔다.

크레바스로 생긴 절벽 면에 수백 개의 얼음 굴이 보였다.

해가 진 다음 들어갈 생각이었는데 해는 지평선 끝에서 완전히 사라지지 않았다.

시간상으로는 분명 밤인데 수명을 다한 마나등이 세상을 비추는 것처럼 밝았다.

"이게 말로만 듣던 백야인가?"

더 기다릴 이유가 없었다.

수백 개의 굴 중에 한 곳으로 들어갔다.

감각을 확장했지만 범위 내 인간의 기운이 느껴지지 않았다. 게다가 굴을 잘못 택한 건지 인간의 흔적은 느껴지지 않았다.

'선택을 잘못했나?'

막혀 있으면 얼른 돌아가려고 했는데 굴은 상당히 길었다.

조금 더 가자 몇 개의 통로가 만나는 높이 2.5미터에 지름 15미터쯤 되는 공동이 나왔다.

"과거에 사람들이 살았던 곳인가 보네. 그나저나 굴이 합쳐지나 보군."

잘못 들어왔을까 망설이고 있었는데 더 이상 망설일 이유가 없었다.

맞은편 통로로 들어서며 속도를 높였다. 그리고 갈수록 커지는 공동을 세 번 거치고 나자 정말 거대한 크기의 공동이 나왔다.

지금까지와 달리 들어온 통로보다 더 많은 통로가 나 있었다.

"이제부터 함정이라는 건가?"

작은 흔적이라도 찾을 수 있을까 전 통로를 꼼꼼히 살폈다. 그리고 한 통로에서 사람의 흔적을 발견할 수 있었다.

"쇠사슬이 긁힌 자국!"

얼핏 보면 모를 정도로 미약했지만 잡혀가는 누군가가 의도해서 남긴 것인지 2미터 정도의 거리를 두고 흔적이 있었다.

함정이라고 생각할 수도 있을 것이다. 그러나 불안감은 전혀 없었다.

흔적 덕분에 어렵지 않게 방향을 잡은 나는 서둘러 걸음을 옮겼다.

통로를 20미터쯤 내려가자 계단처럼 된 내리막이 나왔다.

왠지 모르게 계단을 밟으면 트랩이 발동될 분위기. 몸을 띄워 아예 날아서 계단을 따라 내려갔다.

'도대체 얼마나 깊이 파인 거야.'

옛날에 이곳에 살던 사람들이 어지간히 할 일이 없었나 보다는 헛생각마저 들 정도였다.

'문이다!'

계단이 끝나는 지점에서 우측으로 꺾자 50미터 정도의 직선 복도 끝에 문이 보였다.

복도는 참으로 희한했다.

양옆은 투명한 얼음으로 되어 있었고 그 안에 작은 불빛들이 깜박이고 있었다.

"어떤 미친놈이 이렇게 쓸데없는 짓을."

마법을 이용한 것 같은데 마나등 몇 개면 될 일을 아주 돈지랄을 해놨다. 그것도 인간이라곤 거의 없는 얼음 밑에 말이다.

얼른 뛰어가 문 앞에 섰다.

문 중앙에 원이 있고 그 안쪽에 시계처럼 0부터 9까지 숫자가 새겨져 있었다. 그리고 그 안쪽에 손바닥을 델 수 있는 곳이 있었다.

손을 대고 마나를 흘려봤다. 그러나 마나는 사라질 뿐이었다.

몇 번을 시도해도 마찬가지.

쾅! 쾅! 쾅!

무너뜨릴 생각으로 수강을 두르고 벽을 두들겨 봐도 움찍달싹도 하지 않는다.

8서클도 깨지 못하는 문, 부족하다고 느껴본 적 없는 마법을 무시하는 듯한 마법진, 과연 인간이 만든 것일까라는 의구심이 드는 장소.

왠지 모를 기시감이 들었다.

"설마… 피트?"

흑색 마나를 가진 마법사들의 정체가 도우 마탑에서 도망나온 자들의 후예들인 점을 비추어보면 내 생각이 틀린 것 같지 않았다.

"빌어먹을 자식! 미래를 도대체 어떻게 본 거야? 공간의 균열? 인류의 구원? 흥! 내가 보기엔 네놈이 남긴 마법 때문에 세상은 망할 거다. 남기려면 도움이 되는 것만 남기든가."

피트가 미래를 찔끔찔끔 보고 지레짐작으로 이것저것 남기는 바람에 세상이 망하게 되면 뭐라고 할까?

아마 '난 최선을 다했어'라고 뻔뻔스럽게 말할 것이 불 보듯 뻔했다.

"하여간 도움이 안 되는 인간이야."

분노는 잠시 접었다.

일단 문을 열고 들어가는 것이 우선이다.

'피트 놈이라면 반짝이는 불빛을 괜히 만들어놓진 않았을 거야.'

문득 떠오르는 이계의 영상.

복도 끝으로 다시 갔다. 그리고 문을 향해 뛰면서 옆을 봤다.

49장
구출

깜박이는 빛들이 빠르게 합쳐지는 듯한 현상을 만들어내며 글자로 보이기 시작했다.

'설마 했는데… 좌삼… 우삼……?'

너무 빠르게 뛴 모양이다.

속도를 줄여서 뛰었다.

이번엔 좌우 정확하게 알 수 있었다.

"우측은 좌삼삼 우삼삼, 좌측은 얕게 세 번, 깊게 한 번? 이게 웬 오크 똥 싸는 소리야?"

몇 번 웅얼거리다 보니 왠지 모르게 음란해지는 것이 소름이 돋았다.

고개를 절레절레 흔들어 머리에서 음란함을 털어내고 문 앞에 섰다.

이제 보니 문에 그려진 문양에 대해 알 것 같았다.

중지가 정확히 0을 가리키고 있었는데 역시나 불쾌한 기분이 들었다.

떨리는 손을 의지로 들어 올려 커다란 손바닥 음각에 올렸다.

"좌삼."

드륵!

움직였다. 좌로 3까지 돌렸다.

팔이 아무리 유연해도 3까지 돌릴 수가 없어서 몸을 띄워 돌렸다.

다시 한 번. 그리고 우측으로.

좌삼삼 우삼삼을 맞추고 나자 덜컹! 하는 소리와 함께 문양이 안으로 들어갔다.

"다음은 얕게 세 번……."

달칵! 달칵! 달칵!

"길게 한 번."

꾸욱!

다시 한 번 덜컹! 하는 소리가 들렸는데 내 귀엔 마치 '아잉!' 하는 소리처럼 들렸다.

음란함이 어느새 다시 머릿속에 생성이 된 모양이다.

아무튼 문이 열렸다.

"…망할 자식!"

적이 있었다면 싸우면 그뿐.

한데 눈앞에 보이는 건 멍한 얼굴로 두리번거리는 수십 개의 내 모습만 있었다.

거대한 얼음 미로였다.

"하아~ 이 인간, 적당히라는 게 없구나. 그래 니 똥 굵다, 이 엿 같은 인간아!"

미로에서 헤맨 지 1시간, 결국 노호성이 터졌다.

미로라는 게 적당히 허술한 맛이 있어야지, 이건 빠진 사람을 죽일 작정으로 만들었다.

또한 안 그래도 복잡한데 미로가 움직였다. 부서지지도 않았다.

발트란의 개미지옥이 여기에 있었다.

"으아아아~~~!"

몸에 쉘을 두르고 무작정 날았다. 부딪히다 보면 언젠가 나갈 수 있을까라는 얄팍한 생각이 머리를 가득 채우고 있기 때문이었다.

텅! 텅! 텅! 텅! 텅! 터엉!

수백 번 부딪히고 나뒹굴길 수십 차례.

얄팍한 수로 넘을 수 있는 벽이 아님을 절실하게 느낄 수 있었다.

"제발 버텨줘라."

듣지 못하는 에리안에게 중얼거린 후 바닥에 주저앉았다.

발트란의 개미지옥처럼 탈출 방법이 있기를 바라며 미로의 기운을 느끼기 위해 눈을 감았다.

*　　　*　　　*

온통 불투명한 얼음으로 된 방.

추울 것이라는 예상과 달리 털옷을 벗고 지낼 수 있을 만큼 훈훈함이 가득한 방에 검은 로브를 입은 사내가 수정구를 통해 대화를 하고 있다.

―데리고 온 자들은 어떻게 되었소, 팔 장로?

수정구 속 흑탑의 탑주인 벨리알은 나른한 목소리로 물었다. 아무리 그가 안하무인하다고 하지만 장로들에겐 하오체를 사용했다.

"조금 전 4명 모두 데리고 와서 무사히 마나 흡수의 방에 가둬뒀습니다."

―고생했소이다. 마나 전이는 언제부터 가능하겠소?

마나 전이.

마법진을 통해 타인의 마나를 빼앗아 서클을 올리는 흑탑의 오랜 마법 수련법을 가리키는 말이었다.

"8서클이 둘, 7서클 하나에 마스터가 한 명이라 언제든지

가능합니다."

—첫 수확치곤 제법이군. 서클을 올릴 자들을 준비해 보낼 테니 그 전에 거기 있는 이들부터 서클을 올리도록 하시오.

"배려 감사합니다. 참, 그리고 2차 집결지가 당한 것 같습니다."

—꼬리가 붙었나 보군. 괜찮겠소?

"함정을 통과할지 의문이지만 설령 통과해도 피트의 미로가 있지 않습니까?"

현재 아우스가 헤매고 있는 미로를 흑탑은 '피트의 미로'라고 불렀다.

—하긴. 1차 집결지와 2차 집결지를 다시 정해 알려주도록 하겠소.

"알겠습니다, 탑주! 참! 대륙 장악 계획은 어떻게 되어가고 있습니까?

—검은 수정을 채우기엔 아직까지 검은 마나가 턱없이 부족해 시간이 더 걸릴 것 같소.

"지미 님의 원한을 갚을 날이 얼마 남지 않았군요."

벨리알은 초대 탑주인 지미의 아들로 그의 모든 마나를 물려받았다.

—크크큭큭! 가장 먼저 도우 마탑을 되찾을 거요. 추운데 감기 조심하시구려, 팔 장로.

팔 장로는 수정구 속 벨리알을 향해 고개를 살짝 숙였고 수정구는 꺼졌다.

"좀 쉬어야겠군."

사흘간 강행군을 해서 꽤 피곤했다.

그러나 침대에 눕고 얼마 되지 않아 둔탁한 노크 소리에 일어나야 했다.

"무슨 일이냐!"

잠을 방해받은 팔 장로의 목소리는 자연 높아졌다.

"죄송합니다, 장로님. 입구의 문을 열고 미로에 들어선 자가 있어서……."

"허! 문을 열었다고? 추적자가 꽤 영특한 놈인가 보군. 몇 명이나 되더냐?"

문을 여는 건 쉬운 일이 아니었다.

처음 피트의 책에 남겨진 글을 보고 이곳을 찾게 되었을 때 문을 여는 데 사흘이 걸렸었다. 그마저도 힌트가 있어서 가능했던 일이다.

한데 거의 단숨에 뚫었다니 다소 어이가 없었다. 그러나 더 어이없는 말이 들렸다.

"한 명입니다."

"…예사 놈이 아니군."

"어떻게 할까요?"

"미로에 들어섰나?"

"예. 10분 전쯤에 들어갔습니다."

"그럼 우리가 할 일이 있을까?"
"어, 없습니다."
실험 삼아 수십 명을 잡아다가 미로 속에 밀어 넣은 적이 있었다. 그러나 인간도, 마법사도, 동물도, 몬스터도 살아서 나온 생명체는 없었다.
"신경 쓸 필요 없어. 그리고 자네 몇 서클이지?"
"5서클입니다."
"얼마나 됐지?"
"5년 됐습니다."
"그럼 충분하겠군. 일단 자네 먼저 마나 전이를 받도록 하고, 나머지 연수가 된 이들도 받게 하게."
"감사합니다, 장로님!"
팔 장로의 나가라는 손짓에 5서클 사내, 테디는 다시 한 번 고개를 숙이고 밖으로 나왔다.

* * *

텅! 텅! 퍽! 퍽!
길게 늘어진 수갑을 찬 채 에리안은 투명한 문을 주먹으로 때렸다.
팔과 다리에 마나 제어 수갑과 족쇄를 차고 있어 마나를 사용하지 못했지만 혹시나 하는 마음에 행하고 있었다.

주먹이 터졌다. 그러나 에리안은 멈추지 않았다.

"그만하게, 에리안 남작. 우린 완벽하게 갇혔네. 설령 나간다고 이런 상태에서 도망이나 칠 수 있겠나?"

베트랭 공작이 어깨에 손을 올리지 않았다면 투명한 문은 피로 불투명하게 되었을 터였다.

"…답답해서요."

에리안은 말도 안 되는 변명을 했다.

현재 베트랭 공작과 에리안, 두 명의 뮤트 제국 8서클 마도사가 함께 있는 곳은 양념을 살짝 쳐서 웬만한 연회장만큼 컸다.

시답지 않은 변명을 끝으로 에리안은 구석에 위치한 얼음 침대로 가 앉았다.

베트랭 공작은 그걸로 충분하다고 생각했는지 어느새 자신의 침대로 지정된 곳에 가서 앉았다.

방 안에 있는 네 명은 멀찍이 떨어진 채 골똘히 생각에 빠져 있어서인지 숨 쉬는 소리마저 들릴 정도였다.

'…아우스.'

탈출에 대해 생각하다 보니 결론은 나지 않고 한 사람의 얼굴만 떠올랐다.

그가 현재 자신의 상황을 알까?

안다면 어쩌고 있을까?

설마 젠느와 전설의 엘프(?)처럼 생긴 엘프와 시시덕거리고 있지는 않을까?

'어쩌면 나처럼 무뚝뚝한 여자가 사라져 안도의 한숨을 쉬고 있을지도.'

별의별 생각이 다 들었다. 그리고 그 끝은 환하게 웃으며 작별의 손을 흔드는 아우스의 모습이었다.

으득!

'절대로 네 웃는 꼴은 볼 수 없어!'

에리안은 벌떡 일어났다. 그리고 다시 성큼성큼 문을 향해 갔다.

낌새를 보아하니 다시 문을 피투성이로 만들 모양이었다.

다행히 그녀가 문에 도달하기 전, 문이 열리고 커다란 접시를 든 마법사 두 명이 들어왔다.

그중 한 명이 피투성이가 된 에리안의 손을 보곤 중얼거렸다.

"쓸데없는 짓 안 하는 게 좋을 거야. 이곳에 꽤 굶주린 남자들이 많거든. 탈출을 시도한다면 그들이 아주 좋아할 거야."

여성에게 할 수 있는 최악의 협박이었다. 그리고 그 협박은 꽤 효과가 좋았다.

에리안은 조용히 물러나 다시 침대에 앉았다.

그녀의 속마음이 어찌 되었든 지금은 참아야 했다.

"먹어라."

검은 로브의 마법사는 네 개의 나무 접시를 서른 명은 족히 앉을 수 있는 식탁에 올려놓고 나가 버렸다.

에리안을 포함한 네 명은 철컹거리는 족쇄를 끌며 식탁에 앉았다.

한 접시에 담겨 있고 포크가 얼음으로 되어 있는 걸 제외하면 음식은 나빠 보이지 않았다.

고기에, 야채에, 빵에, 과일 조금.

다들 음식에 선불리 입을 대지 못했다. 독약 같은 게 뿌려져 있다고 생각하는 모양이었다.

그러나 에리안의 생각은 달랐다.

'죽이려고 했으면 진즉에 죽였겠지. 포크가 녹기 전에 얼른 먹자.'

에리안이 먹기 시작하자 그제야 다른 사람들도 먹기 시작했다.

"무슨 목적으로 이곳에 데려온 걸까요?"

뮤트 제국의 마도사가 중얼거렸다.

의미 없는 의문이었다.

다 같이 잡혔고 같이 이동했다.

한데 만일 검은 로브 마법사들의 목적을 아는 사람이 있다면 그는 정말 추리의 신일 것이다.

다만 그의 질문이 말을 트자는 의미로 생각했다면 꽤 타당했다.

"모르겠네요. 참, 같은 처지니 인사나 하시죠. 플린 왕국의 에리안 남작입니다."

"뮤트 제국의 카크 자작입니다."

"뮤트 제국의 볼른 후작이오. 베트랭 공작님 오랜만입니다."

"꽤 오래전이라 긴가민가했소이다. 그땐 그대는 멋진 청년이었고 장소는 화려한 연회장이었는데 오늘은 이런 곳에서 만나게 될 줄이야 몰랐소."

"후훗! 연회장만큼 넓은 건 비슷하지 않습니까."

"허허! 듣고 보니 그렇구려."

두 사람은 아는 사이인지 말이 길어졌고 오래지 않아 식탁의 분위기는 화기애애해졌다.

반달눈이라 척 보기에도 유쾌해 보이는 볼른 후작은 '아까 문을 때릴 때 내가 맞는 듯한 느낌'이었다고 농을 걸 정도로 분위기를 주도했다.

물론 그렇지 않은 사람도 있었다.

"세 분은 불안하지 않으십니까?"

카크 자작은 화기애애함이 이해가 되지 않는 모양이었다. 그에 베트랭 공작이 웃으며 말했다.

"탈출할 수도, 그렇다고 구조를 기다릴 수도 없는데 불안해한다고 달라지는 것이 있겠나. 그저 그럴 기회가 생기길 아라님께 기도해야지."

마치 모든 걸 포기한 듯한 말이었지만 말투엔 언젠가는 이곳을 빠져나가겠다는 의지가 엿보였다. 그리고 그의 의지가 카크 자작에게 전해졌는지 그는 고개를 끄덕이며 수긍했다.

"따뜻한 차라도 있었으면 좋겠군."

"그러게 말입니다. 공기는 차갑지 않은데 온통 얼음이라 그런지 따뜻한 게 생각납니다."

식사를 마치고 나서도 네 사람은 식탁을 떠나지 않았다.

어차피 혼자 있어봐야 쓸데없는 상상에 머리만 어지러웠다.

우웅!

얼음 포크가 다 녹아 물이 되었을 때쯤 방 안의 바닥, 천장, 벽에 문양이 생기며 반짝거렸다.

그리고 잠시 후, 에리안은 몸에서 마나가 술술 빠져나가는 듯한 느낌을 받았다.

빠져나간 마나는 바닥에 그려진 문양을 따라 움직이다가 방의 한가운데로 가더니 어디론가 사라졌다.

에리안뿐만 아니라 나머지 세 사람도 똑같은 일을 겪어야 했다.

"…놈들의 목적을 알겠군."

베트랭 공작이 씁쓸한 표정으로 말했다.

아까 말했다면 추리의 신이라고 불렀겠지만 지금은 모두가 짐작하는 것을 말하고 있을 뿐이었다.

"우릴 살아 있는 마나 공급기로 쓸 생각이야."

"……."

긍정적이고 농담을 잘하던 볼튼 후작도 이번에 별다른 말을 하지 못했다.

대신 에리안이 긍정적으로 말했다.

"한편으론 섬뜩하면서도 다른 한편으로 기회라는 생각이 드네요."

"기회?"

"시간을 벌었잖아요. 버티다 보면 구조대가 올 거예요. 분명!"

"…나 역시 그렇게 믿고 싶군."

세 사람 모두 믿고 싶다 말하면서 얼굴엔 정작 믿음이 없어 보였다.

하긴, 납치되어 이동한 장소와 거리를 생각한다면 추적대가 찾아오는 것은 모래사장에서 바늘 찾기와 비슷할 것이다.

그러나 오직 한 사람, 에리안의 표정엔 믿음이 있었다.

'아우스! 찾으러 올 거지?'

*　　　*　　　*

우드득! 으득! 뚝! 뚝!

"우갸갸갸갸갸갸!"

양팔을 잡아 하늘로 뻗고 몸을 최대한 뒤로 젖혔다.

굳어 있던 뼈가 합창을 하듯 노래를 불렀지만 멈추지 않고 스트레칭을 이어갔다.

20분 정도 스트레칭을 마치고 아공간 가방에서 빵과 치즈, 물을 꺼내 먹었다.

이틀간 마나의 흐름을 살펴보고 얻은 건 굳은 몸과 배고픔뿐이었다.

"징글징글한 놈. 도대체 뭘 뜻하는지 모르겠네."

개미지옥은 마나의 길을 나타내고 있어서 신체와 관련이 있나 싶어 관조를 해봤지만 아니었다.

입구로 나갈 방법이라도 있으면 좋을 텐데 지금은 오도 가도 못 하는 신세였다.

식사를 마치자 아예 자리를 깔고 누웠다. 그리고 다시 마나의 흐름을 살폈다.

미로의 마나의 흐름은 독특했다.

가운데를 중심으로 다트 판 모양으로 마나가 빙글빙글 돌며 움직이고 있었다.

규칙은 존재했다.

대략 30분에 한 번씩 반복됐는데 의미는 아무리 생각해도 모르겠다.

'젠장! 왜 이리 눈꺼풀이 무겁냐.'

불편하게 앉아서 느끼는 것보다 누우면 더 잘 떠오를까 싶었는데 졸리기만 하다.

혹시나 기다리고 있을 에리안을 생각하며 잠에서 깨보려 하지만 헛짓이었다.

결국 눈이 감겼다.

잠이 들었으면 잠이라도 푹 들든가, 마나의 흐름이 머릿속에서 반복되는 악몽을 꿨다.

색을 입힌 팽이가 되었다가, 연기를 빼내기 위한 팬이 도는 것처럼 보이기도 했고, 에리안이 묶인 원형 판이 빙글빙글 도는 것처럼 보이기도 했다.

세상의 도는 것을 모두 다 보여줄 생각인지 계속해서 바뀌었다.

마침내 태양을 중심으로 두고 행성이 빙글빙글 도는 모습에 눈을 떴다.

"…어지러워 죽는 줄 알았네. 우욱!"

멀미가 날 정도였다.

몸을 일으켜 가부좌를 하고 앉았다.

누우면 다시 잘 것 같았고, 그럼 똑같은 꿈을 꿀 것 같았다.

꿈의 잔상은 쉽게 사라지지 않았다.

특히 에리안이 서커스에서 단검을 던지는 쇼를 할 때 쓰는 원형 판에 묶여 빙글빙글 도는 모습은 아무리 털어내려고 해도 진드기처럼 달라붙었다.

떨쳐내는 것을 포기했다.

그녀의 붉은 입술이, 눈이, 코가, 가슴이, 배꼽이 마나의 흐름과 같은 원을 만들어냈다.

그러다 보니 차츰 에리안은 사라졌다. 그러나 이번엔 꿈에 마지막으로 보았던 행성의 모습으로 바뀌었다.

'지랄을 한다. 태양을 도는 행성이 어떻게 10개냐, 8개거든!'

대륙에도 천문학자가 있다. 그들은 태양을 도는 행성이 8개라고 말하고 있었다.

역시 내버려 뒀다. 어차피 에리안의 환영처럼 곧 사라질 테니까.

1시간이 지났다.

행성의 환영은 아직 사라지지 않고 있었다. 아니, 이제는 사라지지 않길 바라고 있었다.

찾아냈다.

피트가 만든 미로는 행성의 움직임에 기반을 두고 있었다. 미로의 끝은 맞은편이 아니라 태양의 위치가 있는 중심이었다.

행성과 행성이 겹쳐지는 순간이 바로 앞으로 나아갈 수 있는 순간이기도 했다.

즉, 현재 내가 있는 곳은 열 번째 행성이 움직이는 구간에서 아홉 번째 구간으로 넘어가려면 열 번째 행성과 아홉 번째 행성이 교차하는 순간뿐이었다.

"움직여야겠어."

현재 있는 위치에서 겹치려면 대략 이틀은 더 있어야 했다.

미로를 뚫고 걸었다.

물론 이젠 미로를 뚫고 걷는 것이 아닌 미로를 빙글빙글 돌고 있음을 알고 있었다.

"여기서 기다린다."

3분 후, 현재 막혀 있는 유리 면이 열리고 앞으로 나아갈 수 있을 것이다.

철컥! 철컥! 철컥!

미로의 유리 면 어디선가 움직이는 소리가 들려왔다. 그리고 그 소리는 차츰 커졌다.

그리고 3분이 되었을 때 앞에 있던 유리 면이 빙글 돌았다.

일직선으로 길이 열렸다.

생각보다 꽤 길다. 잠깐 생각하는 사이 다시 닫히려 하고 있었다.

'문제없어!'

수십 미터는 눈 깜짝할 사이에 움직일 수 있었다.

생각과 동시에 난 아홉 번째 구간에 발을 디딜 수 있었다.

그곳을 통과한 후 머릿속으로 마나의 움직임을 파악하고 곧 열릴 곳을 찾아 움직였다.

구조를 알아낸 이상 더 이상 미로가 아니었다.

아홉 번째에서 여덟 번째로, 여덟 번째에서 일곱 번째로 차례차례 넘었다.

마지막으로 두 번째 구역에서 태양에 해당하는 첫 번째 구역으로 넘어갈 때 열리고 닫히는 것이 워낙 빨라 한 번 실수를 했지만 무사히 중심부에 안착했다.

"이동 마법진이라… 설마 또 이상한 방 같은 곳은 아니겠지?"

설령 그렇다고 해도 길은 하나뿐이니 어쩔 수 없이 마법진에 올라가야 했다.

마법진에 마나가 흐르며 밝게 빛났고 곧 어디론가 이동했다.

빛이 사라지면서 가장 먼저 눈에 띈 것은 불투명한 얼음으로 된 관이었다.

관을 아름답다고 표현하기엔 다소 이상하지만 겉에 새겨진 조각들과 은은하게 뿜어져 나오는 빛이 예술 작품처럼 느껴졌다.

"하아~ 얼음의 방에 꽃이라니. 이 인간, 확실히 제정신이 아냐."

관에서 눈을 떼고 방을 둘러보았다.

온통 꽃밭이었다.

국화, 튤립, 장미, 카네이션, 난초 등 수백 가지의 꽃이 관을 중심으로 자라고 있었다.

조심스레 관으로 다가갔다.

혹시 피트가 사랑했던 미나라는 여성이 잠들어 있는 곳이 아닐까?

관의 뚜껑은 투명했다. 그래서 안을 들여다볼 수 있었다.

"……!"

관 안에 긴 검은 머리의 여성이 두 손을 X 자로 만들어 가슴에 올린 채 누워 있었다.

긴 속눈썹과 새하얀 피부, 작지만 예쁜 코, 피를 머금은 듯한 붉은 입술, 눈을 감고 있음에도 숨이 막히는 외모를 지니고 있었다.

복장이 조금 특이했는데 드레스가 아닌 단정한 기사 복장과 유사했고 돌고래의 피부처럼 반질반질 윤기가 나고 있었다.

"…이 여성이 미나인가?"

"아니."

"헉! 깜짝이야!"

갑자기 뒤에서 목소리가 들려왔다.

돌아보니 잊고 싶어도 잊을 수 없는 얼굴이 방긋거리고 있었다.

"피트!"

"응? 나를 아나? 하긴 지금쯤이면 모르는 사람이 없겠군. 세계 최초의 9서클 마도사가 바로 나니까, 하하하하!"

왠지 모르게 악몽의 숲에서 봤던 피트와는 뭔가 조금 다르다.

좀 가볍다고나 할까?

"혹시 나에게 원한이 있다고 해도 참으라고. 난 그저 이곳 주인의 의지에게 부탁받은 대로 의지를 남겼을 뿐이니까."

"이곳의 주인? 네가 만든 것 아냐?"

"원주인이 있었지. 난 발견했고 2년간 머물다가 떠나기 전에 약간 손을 봐둔 것뿐이야."

관의 여성이 미나가 아니고 피트가 이곳을 만든 것이 아니라면 주인이라고 부를 사람은 한 사람뿐이었다.

"이 여자가 원주인이라는 거야?"
"맞아. 치료의 신, 배덕의 신, 전쟁의 여신이라 불리는 여자. 한때는 드래곤이라고 불렸지."
"아라!"
"딩동댕! 맞아. 전설에 나오는 그 여자야. 근데 궁금한 것이 있는데 시간이 얼마나 지난 거지? 내가 이 의지를 남긴 게 에스란 제국력 43년이야."
"천 년이 넘었어."
"대박! 천 년이나 흘렀단 말이야?"
"대박?"
"아! 미안. 내 애인이 자주 쓰는 말이었어. 자, 이리 와. 죽은 사람 앞에서 시끄럽게 떠드는 건 실례잖아. 저 아줌마 성깔 얼마나 더러운데."
피트는 손짓을 하며 다른 방으로 걸어갔다.
또 만나면 욕을 퍼부을 생각이었는데 왠지 너무 해맑아 보여 망설여졌다.
'악몽의 숲 이전에 남긴 의지인가 보군.'
모르는 것을 걸고넘어져 봐야 나만 미친놈 되는 거다. 그렇다고 미래에 대해 구구절절 설명해 봐야 곧 사라질 에너지에 불가했다.
도대체 무슨 말을 하려고 의지를 남겼는지 일단 얘기해 보기로 했다.

피트를 따라서 간 방은 꽤 컸다.

얼음으로 된 가구들은 물론이고 한쪽으로 물이 흐르고 있었다.

"배고프면 저기 있는 버섯을 먹으면 돼. 맛은 보장할 수 없지만 영양가는 최고야."

"됐어."

"오! 서클의 미로를 빠르게 통과한 모양이네. 6서클이었던 나랑 미나는 나흘 만에 통과해서 죽기 일보 직전이었거든."

미로를 서클의 미로라고 부르는 모양이다.

"사흘. 먹을 걸 넉넉히 가지고 왔어."

"오! 대단해. 몇 서클?"

"8서클."

"근데 어려 보이는데 네 나이에 8서클이면 요즘은 9서클이 꽤 많겠네?"

"너도 9서클이 되었을 때가 스무 살이라고 들었는데 아닌가? 아무튼 인간으로선 지금까지 9서클에 오른 건 너뿐이야."

"헐~ 대박! 나 천재였던 거야?"

"천재긴 하지. 인간이 아닌 드래곤이 유희로 세상에 나온 거라 생각하는 이들이 많으니까."

"칭찬을 면전에서 받으니 조금 쑥스럽네, 하하하하!"

두 번 칭찬해 주면 안 될 인간이다.

"의지를 남겼다는 건 할 말이 있다는 건데 얼른 해. 빨리 가봐야 해.”

“어딜 가려고?”

“구해야 될 사람이 있어.”

“아~ 위에 있는 인간들 말이야?”

“느껴져?”

“당연히 내 의지가 닿는 곳이니까.”

“원하는 사람을 이곳으로 데리고 올 수 있나?”

“불가능해. 난 힘없는 의지일 뿐이야.”

“그럼 마스터에 이른 여자가 있는지는 알 수 있어?”

“수준은 모르겠고 여자는 있네. 미나를 치료하기 위해 만든 흡수의 홀에 있어.”

“그럼 얼른 얘기해.”

“쯧! 길게 얘기하고 싶었는데 서운하네. 뭐, 서클의 미로를 통과한 이에게 말을 전하라는 건 아라 아줌마와의 약속이었으니까.”

에리안이 살아 있다고 하니 한시가 급해졌다. 피트가 잠시 머뭇거리는 시간마저 아깝다.

“서클의 미로의 구조를 알지?”

“응. 행성의 움직임과 비슷하던데.”

“하긴, 아니까 통과했겠지. 말한다! ‘서클의 미로가 곧 마나이며, 생명과 세계를 이루는 구조이며, 항성계를 이루는 구조이기도 하고, 우주의 구조이기도 하다’. 다 들었지?”

"…뭔 소리야?"

"그건 네가 알아내. 난 듣자마자 바로 이해했는데."

자신은 바로 이해했는데 넌 왜 이해 못 하냐는 표정이다.

"이래서 천재들이 싫다니까."

"하하하! 천재로 봐주는 건 좋은데 사실 아라 아줌마와 미나의 도움이 있었기에 가능했어."

겸손인지 자화자찬인지 가증스럽다.

지금까지 들은 피트 이 자식의 말을 종합해 보자면 6서클로 이곳에 들어와 2년 만에 9서클이 되었다는 말이다.

그것이 온전히 아라와 미나의 도움이라고 치자. 그러나 이후에 그가 남긴 기생체만으로도 천재라고 부르기에 손색이 없다.

"평범한 나는 천천히 이해하도록 할게. 이동할 수 있는 곳이 어디야?"

"이쪽으로 와."

피트는 군소리 없이 순순히 안내했다.

"저기 원 위에 올라서. 내가 위로 보내주지."

마법진으로 느껴지지 않았지만 신, 혹은 드래곤이라 불리던 인간이 만든 곳이니 그러려니 했다.

"한 가지만 물어봐도 될까?"

피트가 물었다.

어째 순순히 보내준다 싶었다.

"말해."

"나와 미나는 행복했나?"

미나가 죽게 될 것이라는 걸 몰랐을 때였나?

"…응. 천 년 역사상 가장 아름다운 사랑을 한 커플이야."

욕을 해도 시원찮을 판에 에너지체 따위에게 선의의 거짓말이라니, 나도 참 오지랖이 넓다.

"하하하하! 역시 그랬군. 내가 최고의 로맨티스트이기도 하지."

웃는 낯짝을 보니 울컥했다.

역시 동정심 따윈 금물이다.

"잘 가게, 어린 친구! 이제 마지막이군."

응? 마지막이라니?

뭔가 이상하다는 생각이 드는 순간 샹카에서 봤던 이상한 막이 쳐졌고 바닥이 위로 솟구쳤다.

피트는 고개를 들어 내가 사라질 때까지 손을 흔들었다.

* * *

도착한 곳은 거대한 얼음 성의 입구 홀이었다.

도대체 왜 얼음 밑에 이따위 거대한 성을 지어놨는지 의문이 잠시 일었다.

"신도 과시욕이 있었나? 하긴, 정확히 따지자면 아라 님은 신이 아니니까."

세상 만물을 창조한 신이 있다면 우주를 쓸데없이 크게 만든 것도 과시욕이라 할 수 있을 것이다.

잡생각을 멈추고 감각을 넓혔다.

"찾았다!"

혹시나 마나 제어 마법진이 설치되어 있진 않을까 걱정했는데 이 얼음 성은 도면처럼 깔끔하게 보였다.

에리안이 있는 위치를 찾자마자 바로 움직였고 순식간에 투명한 얼음 문 앞에 도착했다.

수갑과 족쇄를 차고 있는 게 보였다.

아직 나를 발견하지 못했나 보다.

어떻게 열어야 할지 고민하다가 주먹을 내질렀다.

쿠웅!

소리만 요란할 뿐 꿈쩍도 하지 않았다.

둔탁한 소리에 날 본 에리안은 단숨에 문 쪽으로 다가왔다.

'아우스!'

소리가 통과를 못하는지 입만 벙긋거렸다.

[잠시 기다려. 지금은 그 안이 안전할 거야.]

딜리버리가 들리는지 그녀는 고개를 끄덕였다.

마나를 일으키며 윈드 커터를 10개 만들었다. 그리고 좌측으로 돌아서 다가오는 흑마법사들에게 날렸다.

스각! 스각!

앞서 달려오던 두 명이 여러 조각으로 나뉘며 바닥에 떨어졌다.

하얗고 투명한 얼음 성을 더럽히는 것이 마음에 걸리긴 했지만 주인이 죽은 것을 알기에 망설임은 없었다.

이어 날아간 윈드 커터가 뒤에 오는 자들을 자르려는 순간 방향을 틀어 나에게 날아왔다.

"물러나라! 너희들 상대가 아니다."

얼음 성에 있던 8서클 마도사가 도착했다.

텅! 터터터텅!

수강으로 손을 감싸고 주인을 배반하고 날아오는 윈드 커터를 쳐냈다.

"네놈이 피트의 미로에 들어갔다는 놈이구나."

"그거 피트의 미로가 아니라 서클의 미로래."

"통과한 거냐?"

"보시다시피. 그나저나 방금 전의 그 수법, 꽤나 신기한데 다시 한 번 해봐."

파이어 볼을 수십 개 만들어 쏘았다.

흰머리에 흰 수염의 마도사에게 날아가던 파이어 볼은 그의 몸에 닿기도 전에 휘더니 나에게 날아왔다.

마나를 끊었지만 소용이 없었다. 이미 마도사의 소유가 되었는지 나를 향해 날아왔다.

콰콰콰콰콰쾅!

조금 약하게 만들 걸 그랬나 보다. 쉘 주변이 온통 시뻘겋게 불타올랐다.

“그 수법은 도대체 뭐지?”

“신기한가?”

“처음 보는 종류거든.”

“그렇다면 이것도 한번 겪어봐!”

말이 끝나자마자 중력이 수십 배, 수백 배 증폭되어 어마어마한 무게가 나를 짓눌렀다.

쩌적!

웬만한 마법에도 꿈쩍도 하지 않던 얼음 성의 복도가 서서히 갈라졌다.

“…저, 정말 재, 재미있는… 큭! 수, 수법이네, 크윽!”

허리가 부러질 것 같아 결국 무릎을 꿇고 바닥에 손을 짚었다.

바닥에 닿은 부분이 얼음을 파고들었지만 소용이 없었다.

심지어 마법을 사용하면 그 순간 그 마법의 마나가 바닥에 털썩 달라붙어 버렸다.

“8서클이라고 해서 같은 8서클이 아니다.”

“크윽! 자, 잘났네. 하, 하지만 너도… 날 죽이지 못하는 상태 아닌가?”

“그걸 믿는 건가? 과연 그럴까?”

“그, 그렇다면… 큭! 히, 힘을 더… 더 줘봐, 이 느, 늙은이야!”

"클클! 어린놈이 입이 걸구나. 원한다면!"

누르는 힘이 두 배 이상 늘어났다. 결국 대자로 길게 뻗어 누워야 했다.

숨도 쉬기 힘든 상태.

에리안이 불안한 듯 바라보고 있었다.

'걱! 정! 마!'

입 모양으로 말해줬다.

쩌쩍! 쩌적! 콰직!

파묻히듯 얼음 속으로 들어갔다. 그리고 그 순간 바닥이 무너졌다.

이런 상황을 예상하고 있던 나는 억누르는 힘보다 더 빠른 속도로 내려가 4미터 정도 옆으로 비켜섰다.

쿠웅!

놈의 마법의 범위는 3제곱미터 정도. 그 범위만 피하면 문제될 것이 없었다.

"여우 같은 놈!"

"여우한테 물려봐!"

마법을 굴절시킨다면 검으로 공격하면 된다.

지그재그로 움직이면서 접근을 해갔다.

쿵! 쿵! 쿵!

뒤로 중력의 덫이 떨어져 내리는 소리가 섬뜩하게 들렸지만 속도는 빠르지 않았다.

슈악!

공기를 찢으며 검강을 두른 검을 뻗었다.

당장에라도 꿰뚫은 같은 검 끝이 어떤 힘에 의해 옆으로 움직였다.

"암흑 계열!"

"여우답게 눈치가 빠르군."

퍽!

몸이 훌훌 날아 맞은편 벽까지 날아갔다.

중간에 멈출 수도 있었지만 자세를 바로 잡을 때까진 한정 없이 날아갔다.

중력의 덫이 쫓아오고 있기 때문이었다.

벽을 밟는 순간 블링크로 공간을 넘어 놈에게 다가가 검을 찔렀다.

손목을 이용해 수십 개의 잔상이 이는 찌르기.

백발의 마도사가 공격은 강한데 빠르기에 느리게 반응하는 것을 염두에 둔 공격이었다.

스각!

왼쪽 팔을 절반쯤 잘랐다.

그러나 그는 당하고 있지만 않았다. 마나의 낌새를 알아차리기도 전에 몸은 어떤 힘에 의해 날아갔다.

백발의 흑마법사는 정말 강했다.

며칠 전 전장에서 8서클 두 명과 싸울 때보다 더 힘들었다.

'쉽지 않은 싸움이 될 것 같군.'

공중에서 몸을 바로 하고 차원의 틈 이후로 새롭게 마련한 수십 개의 검을 뽑아냈다.

*　　　*　　　*

"저 친구가 자네 약혼자라던 아우스 군인가? 정말 대단하군. 같은 8서클이라는 게 믿어지지 않을 정도야."

투명한 문을 통해 밖을 보던 베트랭 공작이 중얼거렸다.

"보이십니까? 전 그저 여기저기 부서지는 것만 보일 뿐입니다."

카크 자작은 에리안의 말을 대신해 줬다.

백발의 흑마법사, 팔 장로는 웬만해선 자리를 지키고 있는 반면 아우스는 잔상도 없이 빠르게 움직이며 공격했다.

"역시 베트랭 공작님이시군요. 저도 좇아가기가 바쁩니다."

볼른 후작까지 고개를 절레절레 흔들었다.

"다들 마나가 얼어 있어서 그런 걸 거야. 나의 경우는 조금 특별하지만 말이야."

베트랭 공작의 경우, 많은 사람을 보고 평가하는 자리에 있다 보니 시력 쪽으로 감각이 발달되어 있었다.

더 많은 것을 보겠다는 의지가 눈으로 몰린 것이다.

"8서클이 되면서부터 자신의 장점을 극대화하면 궁극기를 얻게 된다는 말이 있어."

베트랭 공작은 바깥에서 시선을 떼지 않고 말을 이었다.

"한데 아우스 경을 보면 그건 잘못된 생각이었던 것 같아."

"네? 저도 그렇게 알고 있었는데요."

"볼른 후작의 궁극기는 뭔가? 아! 비밀이라면 굳이 말하지 않아도 되네."

궁극기를 묻는 건 큰 실례였다.

궁극기는 최후의 한 수였고 그걸 알고 있느냐 모르느냐에 따라 승패가 뒤바뀔 수도, 목숨을 구할 수도 있는 일이었다.

볼른은 베트랭 공작의 뒷얘기가 궁금했는지 적당한 선에서 대답했다.

"공간 마법의 일종입니다."

"짐작은 했네. 자넨 공간 마법을 꽤 잘했으니까. 근데 말일세. 7서클부터 과연 그러한 구분이 필요했을까? 결국 상단전의 요의는 강력한 의지 아닌가."

"으흠, 공작님 말씀은 궁극기를 여러 개 가질 수도 있다는 말씀입니까?"

"그렇다네."

"그게 가능합니까?"

"말했잖은가. 저 친구를 보면 궁극기가 하나라는 이론이 틀리다고. 그는 우리가 말하는 궁극기를 적어도 두 개 이상 가지고 있다네."

"예? 그럼 저 백발의 마도사를 이겨야 하는 거 아닙니까?"

"백발의 마도사가 강해서이지 아우스 경이 약한 게 아닐세. 그리고……."

쾅!

두 개의 거대한 에너지가 부딪혔다. 지금까지와 달리 내부까지 부르르 떨릴 정도였다.

"승패가 났나 봅니다!"

여전히 부르르 떨리고 공동을 살펴보던 에리안은 카크 자작의 외침에 얼른 시선을 돌렸다.

"아……!"

에리안은 눈앞이 아찔했다.

멀리 떨어져 있어 자세히 보이진 않았다. 그러나 확실한 건 여러 개의 검을 꽂고 있는 팔 장로는 서 있고 아우스는 바닥에 쓰러진 채 부들거리고 있었다.

비틀거리는 에리안을 베트랭 공작이 붙잡았다.

"아직 끝나지 않았네. 아우스 경이 마법에 갇히긴 했지만 백발의 마도사의 상태 역시 좋지 않네."

"…그럼?"

"누가 먼저 쓰러질지 지켜봐야겠지."

그의 표정을 보면 좋지 않은 상황인 게 분명했다. 하지만 조금의 기회가 있다는 말이었다.

에리안은 조금이라도 가까이에서 보려는 듯 문에 얼굴을

바싹 댔다.

아우스는 여전히 무릎을 꿇은 채였고 팔 장로는 검을 꽂은 채 서서히 아우스에게 다가가고 있었다.

'일어나, 제발! 힘내, 아우스!'

에리안은 부들거리는 두 손을 꼭 잡고 빌었다.

그러나 상황은 결코 좋지 않았다.

둘 사이의 거리가 가까워지자 팔 장로가 꽂혀 있던 검 중 하나를 뽑아서 아우스를 겨눴다. 그리고 서서히 다가갔다.

"안… 돼……."

에리안은 자신도 모르게 중얼거렸다.

눈물이 났다.

눈물이 자꾸 시선을 가렸다.

마지막까지 아우스의 모습을 놓치지 않으려 눈물을 훔쳐보지만 잠시 후 벌어질 끔찍한 모습이 머릿속에 떠올라 멈추지 않았다.

팔 장로가 팔을 뒤로 뺐다.

이젠 뻗으면 아우스는 죽게 될 것이다.

"아우스~~~ 일어나~~~"

들리지 않는다는 걸 알면서도 에리안은 목이 터져라 외쳤다.

그녀의 외침과는 상관없이 팔 장로가 든 검은 아우스의 심장 쪽으로 다가갔다.

*　*　*

"큭!"

으득! 콰직!

얼마나 강하게 이를 악물었는지 어금니 하나가 부서져 버렸다.

"…지, 지독한 늙은이."

검을 여덟 개나 박고도 살아 있다.

찌를 때 급소를 피해서 치명적인 피해가 없다곤 하지만 죽어도 이상하지 않는 상처를 입었다.

한데 마법을 유지하고 거기에 박혀 있던 검을 뽑아 날 겨누고 있다.

"독종 꼬맹이! 나에게 이 정도의 상처를 입히다니 칭찬해 주마."

"크윽! 치, 칭찬해 주는 김에… 이, 이왕이면 사, 살려주면 안 될까?"

"클클… 큭! 당연히 안 되지. 살려두면 넌 분명 우리 흑탑의 재앙이 될 놈이거든."

"흐, 흑탑이라… 도, 도망자들다운 이름이야."

"우리에 대해 제법 아는 모양이군. 유언은 다 말했으면 이만 끝내지."

"내 유언은 아, 아직 시작도 안 했거든."

"말이 많군. 그럼 이만 뒈지라고."

검이 심장 쪽으로 다가왔다.

흘낏 에리안이 있는 곳을 봤다.

얼음처럼 무뚝뚝한 그녀가 울며 소리치고 있었다.

'일어나라고 말하는 거야, 에리안?'

지금까지 지지리도 그녀의 말을 듣지 않았던 것 같았다.

'마지막 말은 꼭 들어주고 싶은데… 여기까지가 내 한계인 것 같아. 구해주지 못해… 가만? 한계?'

세상이 느려졌다. 아니, 시간이 한없이 길어졌다고 표현해야 하나.

심장 가까이에 다가온 검이 아주 눈곱만큼씩 전진하고 있다.

주마등?

아니다. 과거가 휙휙 지나가지 않는다. 그저 속도에 대한 한계를 돌파할 때가 떠오를 뿐이었다.

그리고 떠오르는 질문.

내가 지금 중력을 이기지 못하는 것도 내가 한계를 긋고 있어서는 아닐까?

앞에 있는 자의 암흑 계열 마법 역시 마나를 이용할 텐데 왜 내 마나는 그의 마나에 억눌리는 거지? 사람 차별 하나?

아니면 내 의지가 약해서?

꼬리에 꼬리를 무는 질문들이 머리를 채웠고 하나하나 답해갈수록 어떤 벽이 서서히 허물어졌다.

그 순간 내려 누르던 압력 역시 서서히 줄어들었다.

내려 누르는 마나를 내 몸에 나온 마나가 밀어내고 있었다.

검을 향해 손을 뻗었다.

한없이 늘어진 시간이라 내 손 역시 늦어야 마땅하지만 속도에 대한 한계의 벽을 허문 적이 있는 난 피부를 뚫고 들어가기 전 검을 잡을 수 있었다.

검을 잡은 채 꼴사납게 엎드려 있던 자세에서 일어났다.

"어, 어떻게……!"

흑마법사는 대경질색하며 뒷걸음쳤다.

"헤헤! 내가 좀 강해졌거든."

그의 몸에 꽂혀 있던 검들이 내 의지에 따라 사방으로 흩어지며 핏빛 무지개를 만들어냈다.

* * *

비상 텔레포트가 있었는지 다른 흑탑 놈들은 모조리 도망쳐 버렸다.

덕분에 문을 열기 위해 한참을 끙끙댔는데 알고 나니 허탈할 정도로 쉬웠다.

그저 오른쪽에 있는, 색깔이 조금 다른 얼음 위에 2초 정도 손을 올리고 있으면 열렸다.

"아우스!"

에리안이 안겨왔다.

슬픈 건지 기쁜 건지 헷갈리는 얼굴로 안겨오는데 피하고 싶었다.

언제나 저런 모습으로 안기고 나면 그 다음에 주먹을 날리는 패턴이 떠오른 것이다.

그러나 옆으로 피하면 그땐 정말 맞아 죽겠지?

그냥 포기하고 양팔을 벌렸다.

"에리… 큭!"

수갑의 쇠사슬에 목이 졸렸다.

"아! 미안해."

"괜찮아. 걱정 많이 했어."

내가 안아주는 것으로 반가운 만남을 끝냈다.

늙은이들 앞에서 과도한 애정을 보이는 건 실례였다.

"구해줘서 고맙네, 아우스 경."

"베트랭 공작님이셔. 이쪽은 뮤트 제국의 볼른 후작님, 카크 자작님."

어째 뮤트 제국과는 꽤 인연이 많은 거 같다.

벌써 국가 전략 병기급 마법사만 3명째다. 엄밀히 따지자만 카크 자작은 한 수 떨어지지만 일일이 따질 만큼 상태가 좋지 않다.

리커버리나 힐링을 한다고 처음으로 돌아가는 것은 아니다. 상처만 치료될 뿐 피로는 여전했다.

"아우스입니다. 일단 수갑과 족쇄부터 열죠."

수갑과 족쇄는 상당히 튼튼했다. 있는 힘을 다하면 모르겠지만 그 전에 팔다리가 먼저 부러질 것 같았다.

여러 개로 조각(?)난 흑탑의 마도사에게 가 그의 몸을 수색했고 열쇠를 찾을 수 있었다.

찰칵!

카크 남작을 끝으로 모두의 족쇄와 수갑을 풀었다.

"고맙소이다, 아우스 경. 이번 은혜는 절대 잊지 않겠소. 혹시 도움이 필요하면 언제든지 방문해 주시오."

볼른 후작과 카크 자작은 경우가 없는 사람은 아니었다.

부탁할 일이 있을지는 미지수지만 제국 사람이니 살다 보면 있지 않겠는가.

"관광을 갈 때라도 들리겠습니다. 여기가 어딘지 모를 테니 일단 텔레포트 탑이 있는 곳으로 이동을 하시죠. 제가 안내하겠습니다."

"그래주면 더할 나위가 없겠소."

안내한다고 해서 걸어서 안내할 생각은 없다.

크로노를 목표로 텔레포트 마법을 펼쳤다.

크로노의 텔레포트 탑은 비알의 영지 외에 오직 한 곳, 플린의 북쪽 끝에 위치한 포웨르 백작령과 연결되어 있었다.

포웨르 백작령으로 간 우리는 베트랭 공작과 뮤트 제국의 두 귀족은 수도로, 나와 에리안은 트리즌 영지로 각각 헤어졌다.
"집에 들렀다가 저녁에 갈게."
"괜히 나 죽일 놈 만들지 말고 가족들과 천천히 얘기하고 내일 와. 나도 오늘은 쉬어야 해."
"그래, 그럼."
텔레포트 탑을 나와 에리안은 자작의 저택으로, 나는 나의 집으로 향했다.
"역시 집이 최고라니까."
대문만 봐도 벌써 마음이 편해졌다.
집사도 없는데 문을 지킬 사람이 있을까. 훌쩍 철문을 넘어 들어갔다.
내 기척을 느꼈는지 우르르 몰려왔다.
"에리안은?"
여행 다녀와서 시엔에게 에리안이 사라진 걸 들은 모양이다. 젠느가 걱정스러운 표정으로 물었다.
"방금 집에 보내고 오는 길입니다."
"다행이다!"
"그동안 식사는… 헉!"
갑자기 베루가 달려와 안겼다.
나는 물론 젠느까지 황당한 표정을 지었다.
"아아~ 아~~ 아~~"
뭐 하는 짓이냐고 떼어내려 할 때 고음의 새소리와 같은 노래를 불렀다.

예전 샹카에서 두 마리의 피에스타에게 피떡이 되었을 때 들었던 그 노래.

그때는 정신을 잃어 몰랐지만 이번엔 확실히 알게 됐다.

베루의 노랫소리에 주변의 마나가 움직였다. 그리고 새털처럼 부드럽게 다가와 내 몸에 스며들었다.

몸의 근육에 켜켜이 쌓여 있던 피곤은 물론이고 정신적인 피로까지 완전히 녹여 버린다.

이걸 뭐라고 해야 할까?

절대 치료? 절대 안식?

나로서도 결단코 할 수 없는 일을 7서클인 베루가 해냈다.

밀어낼 생각은 사라진 지 오래. 그저 이 순간이 지속되길 바랄 만큼 환상적인 기분이었다.

노래가 끝났다.

"험험! 고마워."

"다치지 마."

살짝 붉어진 얼굴로 떨어지는 베루.

햇빛이 반사된 눈에 얼굴이 타지 않았다면 내 얼굴 역시 붉게 물들었을 것이다.

분명 치료인데 마치 황홀한 사랑을 나눈 것 같은 느낌이랄까.

젠느의 표정이 씁쓸해 보였다. 그러나 여기서 변명을 하는 것이 더 이상했다.

그래서 화제를 돌렸다.

"혹시 펜딕이라고 절 찾아온 사람 없었어요?"

"그 사람 술 먹으러 갔을 거야. 빈둥대는 게 힘들었나 봐."

"좀 놀아주지 그랬어요."

"파 밀리엔이 귀엽다고 볼을 만지려다가 당한 후부턴 접근도 안 하던데."

파머 모두가 귀엽게 생긴 건 아니지만 파 밀리엔은 정말 볼을 꼬집어 버릴 만큼 귀여웠다.

단, 성질은 셋 중에 단연 톱이었다.

차를 끓이는 이유가 성질을 죽이기 위해서라나.

"먼 길 다녀왔는데 야외 파티나 할까?"

푹 잘 생각이었는데 베루의 치료를 받고 멀쩡해진 나는 간만에 소소한 파티를 갖기로 했다.

곧장 정원에 테이블을 깔고 몇 가지 요리와 고기를 구워 술을 마셨다.

고기를 굽고 테이블로 옮기는 건 전부 내 몫이었지만 아기 새 떼처럼 좋아하며 먹으니 굽는 맛이 있었다.

한창 고기를 굽고 있을 때 펜딕이 돌아왔다.

"여~ 존슨 단장, 돌아왔구나."

술을 한잔하고 왔는지 목소리에 꽤 취기가 있었다.

아! 그러고 보니 펜딕은 아직 내 진짜 이름을 모르고 있음을 깨달았다.

베루는 이제야 생각이 났다는 듯 물었다.

"아! 맞다. 저 사람이 널 존슨이라고 부르던데 무슨 얘기야? 처음엔 거짓말인 줄 알고 내쫓으려 했어. 다행히 타칸 후작이라는 사람이 보증을 해서 집에 머물게 했지 아님 묻어버렸을 거야."

과격한 말을 당사자 앞에서 할 건 뭐람.

펜딕은 묻는다는 말에 움찔했다.

"아~ 그거, 별거 아냐. 예전에……."

"하하하하! 그건 제가 상세히 설명하죠. 지금은 아우스라 부르는 모양인데 저와 함께할 당시는 존슨이었습니다."

그동안의 서먹서먹함을 줄이려는 것인지 펜딕은 흥미진진하게 나와의 일을 설명했다. 그리고 이야기 재주가 있는지 이 종족과 젠느는 술과 고기까지 건네며 그의 말을 경청했다.

'훗! 펜딕답네.'

펜딕이 발칸으로 돌아갈지 이곳에 머물지 모르겠지만 함께 지내는 동안이라도 다른 사람들과 친하게 지내면 좋은 일이었다.

그래서 그냥 그가 하는 대로 내버려 두고 의자에 눕다시피 앉아 술을 마셨다.

'이제 귀찮은 일은 더 없었으면 좋겠네.'

차원의 틈부터 지금까지 마음 편히 쉴 틈이 없었다.

한가해지니 피트의 의지가 했던 말이 떠올랐다.

"서클의 미로가 곧 마나이자, 생명과 세계를 이루는 구조이며, 항성계를 이루는 구조이기도 하고, 우주의 구조이기도 하다."

9서클의 힌트? 아마 맞을 것이다.

아라의 의지에게 전해 들은 피트가 새로운 사람에게 전하는 역할을 맡은 것이나 말투가 그렇게 말하고 있었다.

'어느 정도 이해는 되는데 완전히는 모르겠다.'

서클의 미로가 곧 마나라는 건 서클 미로를 이루는 형태가 마나의 형태라는 얘기일 것이다.

과거 뮤트 제국 아카데미에서 들었던 이론에도 그와 유사한 얘기가 나왔으니 분명하다.

항성계도 이해가 된다.

천문학자들의 생각보다 행성이 2개가 많지만 항성계가 움직이는 방식을 말하는 거지 정확한 숫자가 중요한 것은 아니리라.

다만 생명과 세계와 우주 역시 같은 구조라는 부분은 모르겠다.

억지로 짜서 틀 속에 넣는 방식이라면 이해한다고 할 수 있지만 그래봐야 온전히 이해하지 못한다면 소용없는 일이었다. 모든 8서클이 그 이해를 넘지 못해 9서클에 이르지 못하고 있는 거 아닌가.

골치 아픈 생각을 했더니 잠시 벗어나고 싶었다. 그리고 그 순간, 깊은 생각에서 벗어났다.

"…여기까지가 나와 존슨의 과거 얘기입니다."

"젠느 양의 얘기도 그렇고, 아우스도 길지 않은 삶 동안 많은 일을 겪었나 보네……. 근데 더 재미있는 얘긴 없어?"

파 밀리엔은 아쉬운지 더 얘기해 달라고 졸랐다.

"더 재미난 얘기라? 저의 파란만장한 과거에 대해 들려 드릴까요, 레이디?"

"됐거든. 누가 네 얘기 듣고 싶대?"

베루가 냉정히 잘라 버린다.

"음, 냉정하시군요. 그럼… 저도 들은 건데 혹시 존슨의 과거에 대해 알고 있습니까?"

"아우스의 과거는 방금 들었잖아?"

"아뇨, 존슨의 과거. 저를 만나기 이전의 빅 존슨일 때의 얘기 말이죠."

'빅 존슨'이라는 이름이 언급되자마자 화들짝 놀라 의자에서 일어나려 했다.

"펜딕! 그 얘긴……."

"얘들아, 묶어! 넌 계속 말하고."

파 밀리엔의 말에 이종족 세 명이 동시에 마법을 사용했다. 나무뿌리와 풀뿌리들이 의자와 함께 나를 꽁꽁 묶었다.

"얘들이 취했나? 당장 안 풀… 컥! 젠느까지!"

젠느까지 얘기를 듣겠다고 마법으로 날 눌렀다.

빠져나왔을 땐 이미 얘기가 끝난 후였다.

"오홍~ 빅 존슨."

젠느가 빈정대는 표정으로 훑어본다. 그러곤 인상을 와락 구기며 말을 이었다.

"한 도시에서 이름을 드날리셨다니… 애타게 기다리던 사람은 까맣게 잊고 말이지."

"…하하, 기억이 없었어요. 내가 누구인지도 몰랐다니까… 크흠!"

변명이 끝나기도 전에 젠느는 내 발등을 밟고는 집으로 들어가 버렸다.

베루는 마치 짐승을 보는 듯한 표정으로 고개를 절레절레 흔들며 들어갔고 드워프인 드 포락은 '남자가 흘리고 다니면 곤란한데'라고 중얼거리며 가버렸다.

마지막으로 내 허리춤까지 오는 파 밀리엔은 앞에 서서 빤히 나를 쳐다보더니 양손으로 크기(?)를 가늠하듯이 줄였다 벌렸다를 반복하곤 부끄러운 듯 후다닥 뛰어갔다.

"…헤헤! 미안. 다 알고 있는 줄 알았거든."

펜딕이 어설픈 변명과 함께 뒷머리를 긁으며 다가왔다.

"쩝! 이미 해버린 걸 어쩌겠어. 앉아. 그동안 어떻게 지냈는지 얘기나 듣자."

나무뿌리를 이용해 옆에 의자를 하나 더 만들었다. 이종족이 만드는 것보다 어설프긴 했지만 앉을 만했다.

"와아~ 이런 마법은 언제 배웠대?"

"몇 달간 이종족이랑 같이 살았거든."

"그랬어? 네 인생도 참 파란만장하다."

"다른 사람들은 잘 지내?"

"전쟁 전까진. 차출당하지 않은 이들이야 지금은 모르겠지만 차출당한 애들 중 절반은 내가 감옥에 들어가기 전에 죽었어. 나머지 절반도 지금쯤이면 살아 있을 가능성이 희박하지."

씁쓸한 말이었다.

지금까지 그저 막연했던 전쟁이 아는 사람들이 죽어나간다고 생각하자 다가온다.

"차출당하지 않은 애들도 걱정이다. 지금 상황대로라면 그들도 몇몇만 빼곤 전쟁에 참여하게 될 거야."

"그새 전황이 또 바뀐 건가?"

에리안을 구해오는 데 일주일 정도. 그 시간이면 천지개벽이 가능한 시간이긴 했지만 알고 있기론 쉽게 균형이 깨지긴 어려운 상황이었다.

"발칸 제국이 총력전을 선포했대."

"뭐야, 지금까진 장난이었다는 거야?"

"내가 알기론 지금까진 귀족파의 일부만 움직인 거야. 전쟁의 회의적이던 황제파와 중앙군은 아예 움직이지도 않았어. 한데 플린과 칸켈 양쪽의 공격에 영지의 피해가 커지자 결국 나서게 된 것 같아."

"그렇다면……!"

발칸 제국은 지금까지 그저 상황을 지켜보고 있었다는 의미였다.

귀족들의 병력이 플린 왕국과 싸울 정도였는데 만일 전체가 나선다면 어찌 되겠는가.

플린과 칸켈에게 엎치락뒤치락하기에 제국의 힘을 과소평가하고 있었던 거다.

"맞아. 지금 발칸 제국의 병사가 벌써 플린의 영지를 차지하기 시작했어. 아마 수도까진 순식간에 밀릴 가능성이 높아. 어쩌면……."

"플린이 무너지겠지."

이제야 전쟁이 마음에 와 닿았다.

지금까지 전쟁에 대해 별다른 생각이 없었던 건 관심이 없었기 때문이 아니었다.

안전할 것 같다는 무의식이 그렇게 만들었던 것이다.

하지만 지금은?

미칠 듯이 가슴이 뛰고 있었다. 이제부터 진짜 전쟁이 시작되었다고 육감은 말하고 있었다.

"그리고 존, 아니, 아우스. 어쩌면 이 전쟁, 영토를 넓히기 위한 전쟁이 아닌지도 몰라."

"그건 또 무슨 얘기야?"

"감옥에 갇히기 전에 우연찮게 들었어. 갇힌 이유도 그 때문이지만."

펜딕은 잠시 머뭇거리다 말을 이었다.

"영토 전쟁인 양 뒤에서 조종하는 자들이 있어."

꾸웅!

심장은 더욱 내려앉았다.

난 그들이 누구인지 알 것 같았다.

그들의 목적 역시.

『아우스:마도 시대의 시작』 8권에 계속…

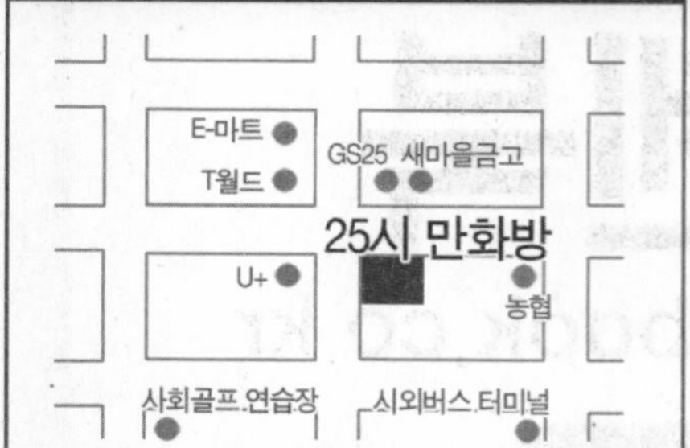

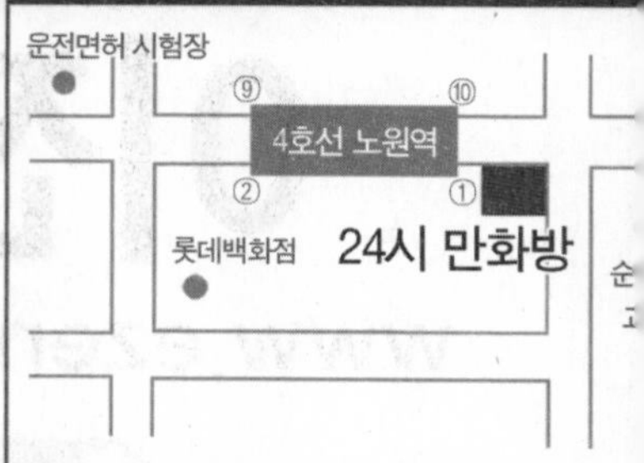

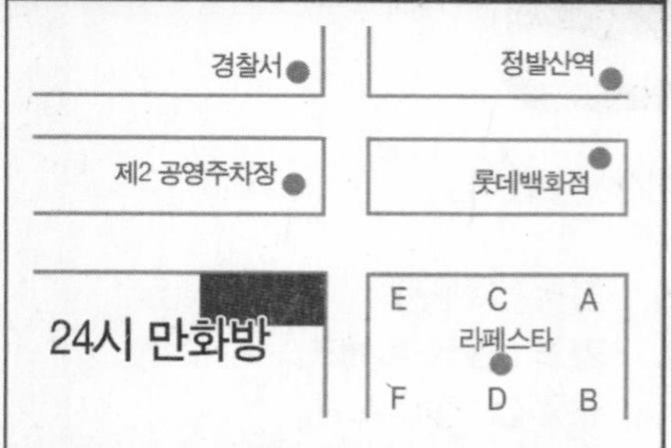

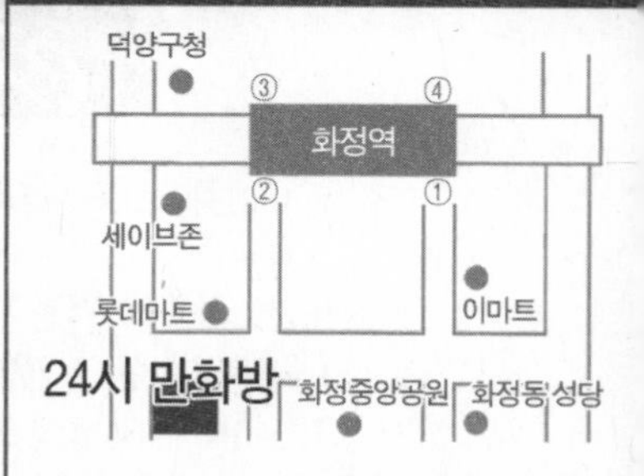

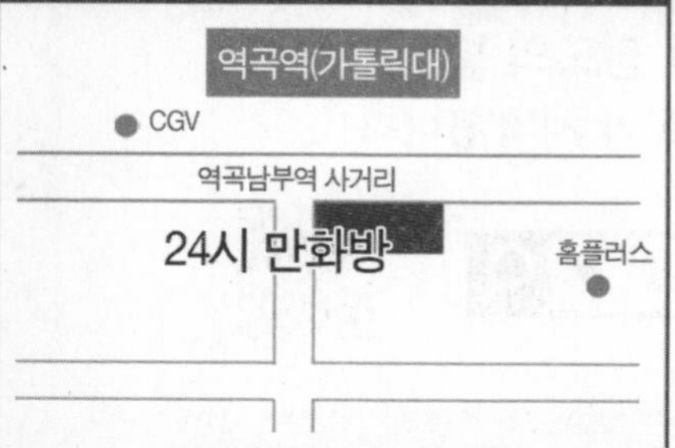

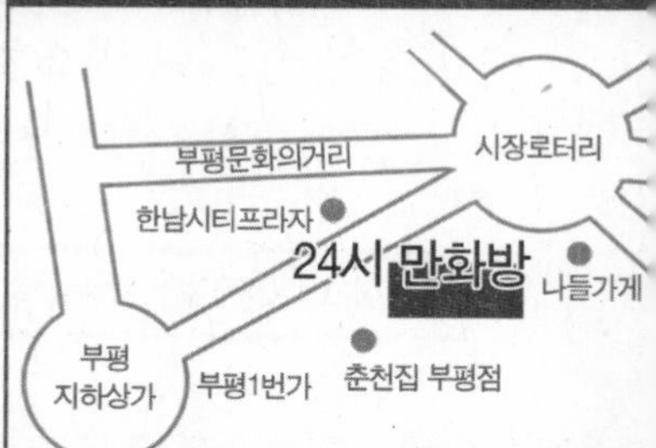